Arena-Taschenbuch
Band 50147

D1381626

*Brigitte Blobel,*
1942 geboren, studierte Politik und Theaterwissenschaft.
Heute arbeitet sie als erfolgreiche Journalistin und schreibt Drehbücher
für Film und Fernsehen sowie Romane für Erwachsene und
Jugendliche, für die sie bereits mehrfach ausgezeichnet wurde. Sie ist
eine der beliebtesten deutschen Autorinnen.

»In dem Buch *Jeansgröße 0* geht es nicht um Diätpläne
und Gewichtstabellen. Stattdessen wird detailliert
und wirklichkeitsnah der psychische Druck aufgezeigt,
dem die Protagonistin ausgesetzt ist. Die Probleme der jungen Frauen
werden vorurteilsfrei und ohne Schwarz-Weiß-Klischees dargestellt.
Das Buch ist nie langatmig und kommt flüssig
zum unerwarteten Schluss.«
SÜDDEUTSCHE ZEITUNG

# Brigitte Blobel

# Jeansgröße 0

### Roman

Informationen zu Unterrichtsmaterialien unter
www.arena-verlag.de

4. Auflage als Arena-Taschenbuch 2012
© 2008 Arena Verlag GmbH, Würzburg
Alle Rechte vorbehalten
Umschlaggestaltung und -typografie: knaus. büro für konzeptionelle
und visuelle identitäten, Würzburg, unter Verwendung eines Fotos
von Sinisha © gettyimages
Gesamtherstellung: Westermann Druck Zwickau GmbH
ISSN 0518-4002
ISBN 978-3-401-50147-5

*www.arena-verlag.de*
*Mitreden unter forum.arena-verlag.de*

## 1. Kapitel

*Morgen kommt sie. Ich bin echt gespannt, wie sie so ist. Mama hat gesagt, guck sie dir doch erst mal an. Nicht, dass du wieder so reinfällst wie das letzte Mal. Aber ich hab keinen Bock auf den Stress.*

*Vielleicht ist sie ja ganz nett. Vielleicht kann man mit ihr reden. Wäre schön, endlich eine Freundin zu haben – jemanden, dem man alles anvertrauen kann, ohne dass sie es gleich weitererzählt. Jemanden, der mich mag.*

*Ansonsten werde ich sie mir einfach vom Hals halten. Nicht ranlassen. Das hab ich mittlerweile ganz gut drauf. Aber jemanden zum Reden zu haben, das wäre wirklich schön.*

Katharina sitzt im Wagen 31, auf dem Platz Nummer 63 des ICE von Würzburg nach Hamburg. Ein bequemer

Sitz, auf dem man es gut drei Stunden lang aushält. Sie hat die Rückenlehne ganz nach hinten gestellt, ihre Füße liegen auf dem prall gefüllten Koffer. Ihren Kleiderschrank zu Hause hat sie fast komplett ausgeräumt. Und ihren Schreibtisch. Und die zwei Kartons unter ihrem Bett. Am liebsten hätte sie alles mitgenommen, denn es ist nicht sicher, ob sie vor Winteranfang noch mal nach Hause fährt. Wer wegfährt, denkt nicht gleich ans Zurückkommen.

Und sie schon gar nicht. Dafür hat sie viel zu lange auf diesen Augenblick gewartet.

»Du bist noch so jung!«, hat ihre Mutter immer wieder gesagt.

Katharina hat gelacht. »Du doch auch«, hat sie erwidert und ihre Mutter hat genickt und ihre Tochter mit dieser besonderen Mischung aus Besorgtheit und unbändigem Stolz angesehen.

In zwei Wochen wird Katharina siebzehn – genauso alt wie ihre Mutter damals, als sie mit Katharina schwanger war. Vielleicht begreift sie es dann, denkt Katharina. Vielleicht begreift sie an meinem Geburtstag, dass ich erwachsen geworden bin.

Eigentlich hatte sie zu Hause feiern wollen, aber sie muss das Zimmer in der WG schon ab dem ersten Oktober bezahlen. Aber traurig ist sie deswegen trotzdem nicht – eine Party mit ihrer neuen WG, das stellt sie sich richtig cool vor.

Mit Zoe und Lilja, ihren Mitbewohnerinnen. Auf die freut sie sich wahnsinnig. Sie kennt die beiden zwar noch nicht persönlich, aber die Mails von Lilja waren auf jeden Fall supernett.

Zoe und Lilja. Allein schon die Namen!

Katharina ist, solange sie denken kann, immer Kathi genannt worden. Im Dorf sagen sie »die Kathi«. Noch schlimmer. Sie wird in der WG gar nicht erst erwähnen, wie man sie zu Hause genannt hat. Katharina ist besser.

Katharina die Große hat ihren Ehemann, den russischen Zaren, von seiner eigenen Leibgarde stürzen lassen und sich selber auf den Thron gesetzt.

So möchte sie sein. Stark und selbstbewusst.

Katharina die Große. Nicht »die Kathi«.

Ihre ehemaligen Schulfreunde sind fast ausgerastet vor Neid, als sie hörten, dass Kathi – die Kleine, das Küken – nach Hamburg ziehen wird. Die meisten aus ihrer Klasse haben noch keinen Studienplatz, warten auf eine Zusage oder bleiben sowieso in der Gegend.

Das wäre nichts für sie.

Katharina liebt ihre Eltern, sie haben ein gutes Verhältnis; aber dass sie wegwill, fort von zu Hause, steht für sie schon lange fest. Vielleicht liegt es daran, dass sie immer überall die Jüngste war. Jeder hat sich Sorgen um sie gemacht, alle haben aufgepasst. Sogar auf der Abifahrt war das so, Katharina hatte als Einzige die Erlaubnis ihrer Eltern mitbringen müssen.

In Hamburg schert sich keiner um mein Alter, denkt sie zufrieden. In Hamburg wird alles anders.

Ihr Koffer blockiert den halben Gang. Zwischen die Sitze passt er nicht, er ist einfach zu groß. Fast ein Schrankkoffer. Und schwer wie Blei. Ein neuer roter Schalenkoffer. Die alten Koffer, die auf dem Dachboden vor sich hin staubten, waren alle morsch, das Innenfutter von Motten oder Mäusen zerfressen, die Schlösser verrostet vom Nichtstun.

In ihrer Familie reiste man nicht. Das war schon immer so. In ihrer Familie blieb man dort, wo man hingehörte, auf dem eigenen Grund und Boden. Seit Generationen.

Ihr Vater hat zwar studiert, aber weggezogen ist er deswegen nicht. Wäre gar nicht gegangen, Katharina war ja noch so klein. Nach dem Examen hat er gemeinsam mit Katharinas Mutter den elterlichen Hof umgekrempelt. Jetzt ist es ein Biohof. Biotomaten und Biomilch.

Das ganze Frühjahr und den Sommer über hat Katharina auf dem Feld geholfen. Ihre Haut ist immer noch schön braun, als habe sie den Sommer in Italien verbracht, und die Sommersprossen auf der Nase haben sich für immer eingebrannt.

Justus mochte ihre Sommersprossen. Er hat sie manchmal »Sprosse« genannt. Er hat immer gesagt: »Ich kenne nur zwei Frauen mit Sommersprossen: Pippi Langstrumpf und dich – und ihr seid beide klasse.« Das fand er lustig, das hat er sogar noch auf der Abifeier gesagt, in großer Runde.

Katharina spürt, wie sich etwas in ihr zusammenzieht, als sie an Justus denkt. Sie starrt aus dem Fenster in die buntbraune Septemberlandschaft.

Sie hat sich fest vorgenommen, Justus hinter sich zu lassen, ein für alle Mal. Verdammt, sie ist auf dem Weg nach Hamburg. Mit jedem Kilometer, den der Zug nach Norden rast, lässt sie ihr altes Leben weiter zurück. Warum muss er sich trotzdem in ihre Gedanken schleichen?

Jedes Wort seiner letzten E-Mail kennt sie auswendig.

»Hi, Sprosse. Ich bin kein Typ für romantische Abschiede, deshalb mach ich es kurz: Wir sollten jetzt aufhören, wo es am schönsten ist. So eine Beziehung auf Distanz bringt doch eh nix. Das wissen wir beide. Wollten es nur nicht wahrhaben. Aber im Urlaub ist mir das endgültig klar geworden . . .«

Katharina hatte sofort den Verdacht gehabt, dass er sich am Gardasee in eine andere verliebt hat, aber die Clique, die mit ihm im Urlaub war, hat geschworen, dass nichts gewesen sei. Na ja, dann ist er eben ein Feigling. Wenigstens hätte er es ihr direkt sagen können, bei einem Abschiedsessen oder an ihrem See oder so. Aber eine Mail schicken! Nach all den Monaten, die sie fast unzertrennlich gewesen waren!

Sie haben sich am ersten Advent ineinander verliebt, auf dem Würzburger Weihnachtsmarkt, weil das so ein superromantischer Tag war, mit Schneeflocken weich und groß wie Wattebällchen. Katharina hatte zu viel Glühwein getrunken und Justus auch und das war gut so, denn ohne den Glühwein hätten sie es niemals geschafft, sich nach einem tiefen Blick in die Augen zu küssen. Und dann auch noch, wie aus einem Mund, zu sagen: »Das wollte ich schon lange.«

Da hat Katharina ihn wieder geküsst und geflüstert: »Merkst du was? Wir bleiben ewig zusammen.«

Aber nun sind es nur neun Monate geworden. Justus hat einer Fernbeziehung ja noch nicht einmal eine Chance gegeben. Männer sind eben feige. Oder bequem. Oder was auch immer.

Jedenfalls ging es ihr nach der Mail ziemlich dreckig. Eigentlich so richtig dreckig. Sie wollte gar nicht aus dem Bett. Hat gekotzt, geheult und einen Berg gebrauchter Papiertaschentücher auf dem Bettvorleger angehäuft.

Wollte schon fast nicht mehr losfahren, weil sie sich Hamburg ohne Liebesmails, SMS oder Anrufe von Justus nicht wirklich vorstellen konnte.

Aber nach fünf Tagen Dauerheulen hat sie ihren Verstand, der ja eigentlich gut funktionierte, wieder eingeschaltet. Einen Plan gemacht. Das Gesicht mit Eiswürfeln abgerieben, Gurkenschalen auf die geschwollenen Augenlider gelegt, vor dem offenen Fenster Kniebeugen gemacht und anschließend zwei Tafeln Vollmilchschokolade gegessen.

Danach hat sie beschlossen, sich einfach auf ihr neues Leben zu freuen. Hamburg, das weiß sie genau – Hamburg wird sie über Justus hinwegtrösten. Da wimmelt es bestimmt von gut aussehenden, supersympathischen Männern. Und Justus kann sich ihretwegen eine dieser blöden Schnecken suchen, die nichts im Kopf haben und hübsch brav an seiner Seite bleiben.

Draußen fliegt Deutschland vorbei. Hügel, Wälder und Seen, Windräder. Ohne die Geschwindigkeit zu verringern, rast der Zug durch die Bahnhöfe kleiner Städte, so schnell, dass Katharina nicht einmal die Ortsnamen lesen kann. Die Leute, die auf den Bahnsteigen auf einen Nahverkehrszug warten, tragen sommerliche Kleider. Dabei ist es Ende September. Katharina sieht nackte Beine, nackte Arme, einen Blumenkübel, eine Litfaßsäule, einen Fabrikschornstein, ein Möbelhaus. Dann ein Tunnel – draußen ist plötzlich nur Schwärze, nur Dunkelheit und ihr Gesicht in der Scheibe. Die großen Augen, die Justus manchmal Scheinwerfer genannt hat.

Der dicke rote Zopf in ihrem Nacken löst sich auf, die Naturlocken kringeln sich um ihre Stirn. Sie zupft ein bisschen an ihrer Bluse herum, an der Strickjacke, die sie um die Taille geschlungen hat. Auch auf ihrem Handrücken hat sie mehr Sommersprossen, als Sterne am Himmel sind.

Nicht an Justus denken!

Sie schiebt die Hände unter ihren Po und bleibt so sitzen, bis der Zug aus dem Tunnel ans Licht rast, immer weiter in ihr neues Leben.

Ihr Zimmer hat sie im Internet gefunden – über die Mitwohnzentrale. Katharina kann ihr Glück noch immer nicht fassen. Sie weiß, wie schwer es ist, eine einigermaßen bezahlbare Unterkunft in Hamburg zu finden – und dass die meisten wochenlang suchen.

Sie hat zwar die komplette Miete für das erste Semester im Voraus überweisen müssen, aber das findet Katharina nicht so schlimm. Wenn es nicht klappt in der WG, kann sie sich immer noch für das zweite Semester eine neue Wohnung suchen.

Aber warum sollte es nicht klappen?

Es war eine richtig originelle Anzeige. Ihre neue Mitbewohnerin Zoe hat die Wohnung mit einer Videokamera gefilmt und zu jedem Raum einen witzigen Kommentar abgegeben. Sich selbst hat sie aber nicht gefilmt. Wäre toll gewesen. Dann hätte Katharina jetzt schon eine Vorstellung von Zoe. Ihre Stimme klang irgendwie rauchig, aber gelassen, angenehm.

Die WG liegt im Schanzenviertel, ganz nah bei der Uni. Katharina hat in einem Stadtführer gelesen, dass das Schanzenviertel das angesagte Viertel für junge Leute ist, besonders für Studenten.

Genau das Richtige. Sie will dorthin, wo das Leben tobt. Bunt und laut und schnell soll es sein. Still war es in ihrem Leben lange genug – von ein bisschen Vogelgezwitscher und ein paar Traktoren, die über die Dorfstraße rollen, mal abgesehen. Oder hin und wieder einem Flugzeug, das hoch über einem dahinzieht und die Luft minutenlang mit einem fernen Grollen erfüllt. Wie oft sie als Kind den Kopf in den Nacken gelegt und diesen Flugzeugen hinterhergestarrt hat. Wie die Sehnsucht sich in ihren Körper gefressen hat. Die Sehnsucht nach einem anderen Leben, nach fernen, großen Städten. Nach Lichtermeeren.

Katharinas Mutter wollte sie eigentlich begleiten, wollte ihr helfen, das Zimmer einzurichten, mit ihr shoppen gehen, aber Katharina hat rigoros abgelehnt. Sie will das alleine durchziehen. Schon im Mai, als die Tinte auf dem Abi-Zeugnis noch feucht war, hat sie erklärt: »Mama, egal, in welche Stadt ich gehe, wehe, du kommst auf die Idee, dass du alles für mich regeln willst – ein Zimmer für mich suchen oder so. Das ist ganz allein mein Leben. Verstehst du?«

Katharinas Mutter hat gegrinst. »Wenn du mir nicht so entsetzlich ähnlich wärst«, hat sie Katharina geneckt. »Dann würden wir viel besser klarkommen.«

Und dann hat sie ihre Tochter liebevoll angesehen und Katharina hat gewusst, dass sie sich nicht einmischen würde, obwohl es ihr entsetzlich schwerfiel.

So ist ihre Mutter. Sie weiß, wie das ist, wenn man schon ganz früh auf eigenen Beinen stehen will. Und sie weiß auch, dass Katharina schon immer etwas Besonderes war, selbstbewusst und klug und ganz anders als die Kinder in ihrem Alter.

Schon mit vier Jahren hat sie sich das Lesen beigebracht, weil ihre Eltern keine Zeit hatten, ihr vor dem Schlafengehen etwas vorzulesen. Weil Katharina aber so gerne Geschichten hören wollte, hat sie sich erst selber etwas erzählt und dann lesen gelernt. In der ersten Klasse hat sie sich gelangweilt, weil sie schon all das konnte, was die anderen erst lernen mussten.

In der Grundschule hat sie die dritte Klasse übersprungen und auf dem Gymnasium die siebte. Sie war in der Oberstufe mit Abstand die Jüngste. Mit sechzehn hatte sie das Abi in der Tasche. Durchschnitt 1,1. Sie hat lange mit sich gerungen, was sie studieren sollte, aber dann hat sie sich entschieden. Erziehungswissenschaften. Auch wenn jeder in ihrem Jahrgang gesagt hat, das ist doch gar kein richtiges Studienfach, da wirst du doch eine bessere Kindergärtnerin. Aber Katharina weiß es besser.

Und über all das Gerede kann sie nur lachen.

Was der Bauer nicht kennt, denkt sie und muss grinsen.


Draußen ist es immer grauer und trüber geworden, jetzt gibt es die ersten Regenschlieren, die diagonal über die Glasscheibe laufen. Die Häuser sind hier meist aus rotem Stein gebaut und haben weiße Fenster. Manche Dächer sind aus Schilf.

Das sieht gemütlich aus. Aber auch ein bisschen fremd, selbst die Kühe, die tropfnass mit hängenden Köpfen auf der Weide stehen, sind fremd. Schwarz-weiß gefleckt. Bei ihnen zu Hause sind die Rinder einfach hellbraun, mit Löckchen auf der Stirn.

Katharina vermisst auf einmal die Tiere von zu Hause.

Das ist das Letzte, womit sie gerechnet hat. Verstohlen

schaut sie auf die Uhr. Sie überlegt, was auf dem Hof wohl gerade passiert.

Sie stellt sich vor, wie ihre Mutter hastig das Kopftuch, das sie bei der Stallarbeit trägt, abnimmt und in die Küche rennt. Was es wohl heute gibt? Vielleicht Lasagne? Ihre Mutter kocht fantastisch, früher hat sie sogar bei Hochzeiten und anderen großen Festen gekocht. Katharinas Lieblingsdessert ist Weintraubenstrudel, den hat es gestern zum Nachtisch gegeben, weil gerade Traubenzeit ist. Ihre Mutter wollte ihr den Rest einpacken, aber Katharina hat geschrien: »Untersteh dich, mir irgendetwas einzupacken! Ich bin doch kein Kleinkind.«

Und ihre Mutter hat gelacht. »Wo du recht hast, hast du recht.«

Und ihr Vater hat Katharina zugezwinkert. »Keine Sorge, meine Große«, hat er gesagt. »Um den Strudel kümmere ich mich.« Und hat unter Protest ihrer Mutter den ganzen Rest aufgegessen.

»Meine Damen und Herren, in wenigen Minuten erreichen wir Hamburg-Hauptbahnhof. Der Zug fährt nach kurzem Aufenthalt weiter nach Hamburg-Altona und endet dort. Ladies and Gentlemen, in a few minutes we will arrive at Hamburg Central Station. Das ICE-Zug-Team verabschiedet sich hier von Ihnen und wünscht Ihnen einen angenehmen Aufenthalt.«

Danke, denkt Katharina, den werde ich haben.

Sie springt auf und atmet ein paarmal tief durch. Sie freut sich auf die frische Luft draußen.

Der Mitreisende auf dem Gangplatz stopft Akten, die vor ihm auf dem Tisch ausgebreitet waren, in seine Tasche und steht auf. Er nimmt den Regenmantel vom Haken, zieht ihn an, knöpft ihn zu. Er dreht sich zu Katharina um.

»Es regnet«, sagt er. »In Hamburg regnet es immer, wenn ich komme.«

Katharina lächelt. Sie zieht ihre Strickjacke an und schleppt ihr Gepäck durch den Gang zur Tür.

»Urlaub?«, fragt der Mann mit einem Blick auf ihr Gepäck.

Katharina schüttelt den Kopf. »Nein. Ich zieh gerade um, hierher.«

»Oh!«, sagt der Mann. Und lächelt zurück. »Hamburg ist schön.«

»Ja«, sagt Katharina, »weiß ich.« Als sie hinter ihm auf den Bahnsteig springt, fügt sie hinzu: »Ich will hier studieren.«

Da hebt der Mann erstaunt den Kopf, betrachtet sie aufmerksam und sagt wieder: »Oh!«

Und irgendwie nimmt Katharina ihm dieses zweite *Oh* übel.

Traut er ihr das etwa nicht zu?

Der Mann eilt davon, während Katharina ihm nachsieht. Dann strafft sie die Schultern, greift entschlossen nach ihrem Koffer und lächelt.

Du kannst mich mal mit deinem *Oh*, denkt sie.

## 2. Kapitel

Katharina hockt vor dem Haus Nr. 147 auf der obersten Treppenstufe, die noch im Schutz des Vordachs ist, und blinzelt in den Regen. Es ist kein richtiger Regen, keine dicken Tropfen, die würden auf das Vordach prasseln und ein Geräusch machen wie Kieselerde, die man durch ein Sieb schüttet.

Dieser Regen ist so haarfein, dass man ihn weder sieht noch hört, aber er geht schon nach kurzer Zeit durch alle Klamotten. Hamburger Schmuddelwetter.

Der Taxifahrer hat Katharina vor zwei Stunden hier abgesetzt, sie hat bezahlt, ihren Koffer und den Campingsack die acht Stufen zur Haustür hochgeschleppt und auf den Klingelknopf gedrückt, auf dem »WG L&Z« stand. Da hat sie noch gegrinst und sich vorgestellt, dass da bald »WG L&Z&K« stehen wird.

Sie hat ungefähr ein Dutzend Mal im Abstand von einer halben Minute geklingelt, aber es ist nichts passiert.

Es hat eine Weile gedauert, bis ihr dämmerte, dass niemand öffnen würde. Dabei hatte sie alles ganz genau gemailt, das Datum, den Tag, ihre Ankunftszeit. Und Lilja hatte geantwortet: Wir freuen uns auf dich.

Katharina hat sich auch gefreut und irgendwie damit gerechnet, dass es ein herzliches Willkommen geben würde. Aber sie erlaubt sich keine negativen Gefühle. Sie will nicht enttäuscht sein. Sie denkt sich Gründe aus, warum weder Zoe noch Lilja daheim sind. In der Schule haben sie Katharina immer gern gemocht, weil sie so positiv denken kann.

Jetzt fällt es ihr auf einmal schwer.

Seit einer Dreiviertelstunde wartet Katharina darauf, dass jemand aus dem Haus kommt oder hineinwill. Sie würde gerne wenigstens ihr Gepäck vor der Wohnung abstellen. Damit sie nicht so blöde auf der Treppe herumsitzt.

Ein paar Leute, die auf dem Bürgersteig vorbeikommen, schauen neugierig oder mitleidig. Ein Radfahrer, eine ältere Frau, die drei verfettete Pekinesen an der Leine führt, ein Kurier, der Pizza im Nebenhaus abliefert, ein Jogger.

Jedes Mal setzt Katharina ein unbekümmertes Lächeln auf, ein Strahlen, das bedeutet: Macht euch keine Sorgen, ich bin okay. Ich sitze hier zu meinem puren Vergnügen. Es gibt doch nichts Schöneres, als im Sprühregen auf nasskalten Steinen zu sitzen und die Welt zu beobachten!

Doch irgendwann ist ihr egal, was die anderen denken. Ihr Magen knurrt, ihre Kehle ist wie ausgetrocknet, obwohl um sie herum wahrscheinlich 100 % Luftfeuchtigkeit herrschen. Sie kann nicht mal mehr Speichel produzieren. Sie braucht jetzt schnell etwas gegen den Durst und außerdem hat sie Hunger.

Sie spürt, wie Ärger in ihr hochkocht. So richtig nett ist das nicht, was Zoe und Lilja hier veranstalten! Um sich abzulenken, kramt sie in ihrer Tasche und holt ihre Uni-Mappe heraus. Die Fachschaft hat alle Informationen für Erstsemester im Internet bereitgestellt und Katharina hat die Seiten ausgedruckt.

Jetzt holt sie einen Füller aus der Seitentasche ihres Lederbeutels, schraubt ihn auf, legt die Mappe auf die Knie und tut, als würde sie arbeiten.

Schon erweckt sie nicht mehr so viel Neugier bei den Passanten. Dass junge Leute irgendwo sitzen und lernen, ist hier normal, schließlich ist das ein Uni-Viertel. Katharina legt die Stirn in nachdenkliche Falten, weil das bestimmt auch gut ankommt.

Komisch, denkt sie. Früher war es mir gar nicht so wichtig, was die anderen von mir halten. Und das hier sind Fremde, da sollte es mir erst recht egal sein.

»Hey! Bist du etwa Katharina?«

Katharina hat nicht bemerkt, wie jemand die Treppe hochgekommen ist. Sie zuckt zusammen und die Mappe rutscht ihr zwischen die Knie, der Füller rollt die Stufen hinunter.

Vor ihr steht ein Mädchen, dessen Alter schwer zu schätzen ist. Ein Pfund Kajal um die braunen Augen, ein Nasenpiercing und schwarz geschminkte Lippen in einem totenbleich gepuderten Gesicht. Es sieht aus, als habe sie sich auch noch die tiefen blauen Augenränder gemalt, aber vielleicht sind die ja auch echt. Merkwürdig ist sie auf jeden Fall. Klein und eher kompakt und muskulös und irgendetwas zwischen Gothic und Punk.

Das Mädchen steht breitbeinig vor ihr, die Hände in die Hüften gestemmt. Katharina kriegt kein Wort raus, das ist ihr lange nicht passiert.

»Taub? Oder stumm?«, fragt das Mädchen. »Oder vielleicht beides?« Sie wirft einen Blick auf den Koffer und den Campingsack.

Katharina hat diesen ausgedörrten Mund und sie muss sich mehrfach räuspern, um überhaupt einen Ton herauszubekommen.

Da hat das Mädchen schon das Interesse verloren. Sie

zieht ein Lederband aus der Hosentasche, an dem verschiedene Schlüssel hängen, und schließt die Haustür auf.

Katharina springt auf, sie lächelt. »Hallo«, sagt sie endlich. »Ja, ich bin Katharina. Katharina Arnsberger. Ich hab hier im Haus . . .«

Das Mädchen hält die Tür auf, indem sie sich mit der Schulter dagegen lehnt. »Hey Katharina. Wieso sagst du das nicht gleich? Ich bin Zoe. Du wohnst bei uns.«

Sie kommt wieder nach draußen, die Tür fällt hinter ihr ins Schloss. »Wartest du schon lange?«, fragt sie.

»Na ja, ziemlich.« Katharina verzieht das Gesicht.

»Hat keiner aufgemacht?«

»Wäre ich sonst hier draußen?« Katharina sammelt ihre Mappe und den Stift ein, stopft sie in die Tasche, während Zoe Campingsack und Koffer vor die Haustür wuchtet.

»Das ist ja mal wieder typisch Lilja«, ruft Zoe empört. »Wenn du dich auf die verlässt, dann bist du verlassen! Wir hatten ganz klar ausgemacht, dass sie heute Mittag da ist, wenn du hier ankommst. Oh Gott, ich hasse sie.«

Zoe schließt die Tür ein zweites Mal auf und sie schleppen den Koffer, den Campingsack und Katharinas Rucksack mit dem Laptop und ihrem persönlichen Kram ins Haus.

Es ist ein altes Haus, die Treppenstufen so abgetreten, dass sie in der Mitte eingebuchtet sind, aber sie riechen nach Holzpolitur und die Wände sind weiß gekachelt mit blauem Abschluss. Im Erdgeschoss, gegenüber der Treppe, gibt es einen hohen Spiegel, mindestens drei Meter hoch, ein bisschen blind schon, aber mit einem goldverzierten Rahmen, der etwas von der vornehmen Geschichte des Hauses ahnen lässt.

Unter dem Treppenabsatz stehen Fahrräder jeder Güteklasse und alle mit dicken Ketten gesichert.

Katharina würde sich gern noch ein wenig umsehen, aber Zoe keucht bereits die Treppe hoch.

»Hast du da Steine drin?«, fragt sie. Sie hat sich den roten Schalenkoffer geschnappt.

»Du musst das nicht tragen«, sagt Katharina.

»Ist schon in Ordnung. Aber was zum Teufel ist da bloß drin?«

»Mein Zeug«, sagt Katharina.

Zoe bleibt auf dem Treppenabsatz stehen. »Ich bin hier nur mit einem Schlafsack und zwei Kitekat-Kartons eingezogen.«

»Kitekat?« Katharina lacht. »Habt ihr Katzen?«

»Nee. Das waren bloß besonders gute Kartons.«

Inzwischen sind sie im zweiten Stock angelangt. Katharina weiß, dass die Wohnung im dritten Stock liegt, ihre

Arme werden bei jeder Treppenstufe länger. Langsam fragt sie sich, ob sie tatsächlich so viele Sachen braucht.

»Ich hoffe, dass Lilja ihren ganzen Scheiß aus deinem Zimmer geräumt hat«, sagt Zoe. »Sonst kriegst du einen Knall.«

»Wieso?«, keucht Katharina. »Was ist denn so schlimm?« Aber Zoe gibt keine Antwort.

Sie sind im dritten Stock angekommen und Zoe lässt Katharinas Koffer so erleichtert fallen, dass Katharina Angst bekommt, er könnte aufplatzen.

Zoe schließt auf, schiebt den Koffer mit den Füßen in die Wohnung und macht dann eine einladende Bewegung.

»Wie sagt man? Our home is your castle oder so.«

Sie geht einen Schritt zur Seite und lässt Katharina vorbei. »Stör dich nicht an dem Zeug hier im Flur«, sagt sie, »wir hatten zwar eine richtige Garderobe, aber dann ist plötzlich die halbe Wand runtergekommen. Das ist Gipskarton, da hält kein Dübel. Wir müssen uns langsam mal was anderes überlegen.« Sie schält sich aus ihrer Jacke und wirft sie einfach auf den Boden.

Katharina muss unwillkürlich grinsen, als sie sich umsieht. Hat sie sich eben noch Sorgen gemacht, zu viele Klamotten mitgenommen zu haben? Wie überflüssig!

Denn das hier toppt ihre Garderobe um Längen. Überall liegen kleine Häufchen. Jacken, Blazer, Schals und dazwischen Schuhe, unglaublich viele Schuhe, alle möglichen Arten: mit Absätzen, ohne, Ballerinas, Laufschuhe, Turnschuhe, Stiefel. Ein Paar Lederstiefel, die offenbar nagelneu sind, auf Spannern.

»Also«, sagt Zoe, »was zuerst? Dein Zimmer? Oder ein allgemeiner Eindruck?«

»Allgemeiner Eindruck«, entscheidet Katharina.

Zoe mustert sie. Katharina kann nicht abschätzen, ob der Blick freundlich ist. Bei so viel Schminke im Gesicht kann man gar nichts mehr erkennen. Überhaupt wird sie nicht richtig schlau aus Zoe. Aber dazu ist es vielleicht auch noch zu früh.

»Kaffee?«, fragt Zoe.

Katharina nickt. »Wäre klasse«, sagt sie.

»Okay, dann fangen wir in der Küche an.«

Zoe stößt eine Tür auf und breitet die Arme aus. »Das hier ist Küche und Wohnzimmer in einem«, erklärt sie. »Der Fernseher steht hier und die Anlage, aber die taugt nichts, in meinem Zimmer hab ich eine bessere. Was hörst du für Musik?«

»Ach, alles Mögliche«, sagt Katharina gedehnt. »Ich meine, ich höre ganz verschiedene Sachen.«

Zoe seufzt. Sie macht sich am Küchenschrank zu schaffen. »Aha.« Sie holt eine Kaffeedose raus und eine italienische Kaffeekanne.

»Trinkst du den Kaffee schwarz oder mit Milchschaum?«

»Am liebsten mit Milchschaum«, sagt Katharina. »Soll ich dir helfen?«

»Danke.« Zoe zieht eine Schublade auf, holt einen Milchtopf raus und drückt ihn Katharina in die Hand. »Ich lasse die Milch immer überkochen«, gesteht sie.

Katharina macht sich am Herd zu schaffen. Die Platten sind fettverschmiert und verkrustet. Zoe hat sich wohl schon öfter erfolglos am Milchkochen versucht. Ein bisschen eklig ist das schon.

Aber trotzdem – die Küche selbst sieht richtig gemütlich aus. Der Tisch in der Mitte ist riesig. Die sechs Stühle haben alle eine andere Farbe und eine andere Form, kunterbunt gemischt. Ein Topf mit Basilikum steht auf dem Fensterbrett und jede Menge Fotos sind an die Wände gepinnt.

Katharina stört nur der große Aschenbecher, der ihr sofort ins Auge fällt. Mist, denkt sie, ich habe vergessen, danach zu fragen, ob das eine Nichtraucher-WG ist. Aber egal. In meinem Zimmer darf jedenfalls nicht geraucht werden.

Zoe hat sich gerade eine Zigarette angezündet, aber als sie Katharinas Blick sieht, geht sie zum Fenster und reißt es sperrangelweit auf. Die frische Luft legt sich wie Samt auf Katharinas rauen, trockenen Hals.

Wenig später hocken sie zusammen am Küchentisch. Zoe hat ihren Stuhl schwungvoll rumgedreht und sitzt jetzt so, dass sie die Arme auf die Rückenlehne legen, rauchen, trinken und dabei Katharina im Auge behalten kann.

»Was willst du eigentlich studieren?«, fragt sie.

»Erziehungswissenschaften.«

Zoe lässt sich so weit zurückfallen, dass der Stuhl zu kippeln beginnt. »Oh!«, sagt sie.

Katharina horcht auf. Schon wieder dieses *Oh*. Das hat sie schon am Bahnhof gehabt. Was soll denn das heißen, *oh?*

»Bist du dir sicher«, fragt Zoe, »dass du dir die richtige WG gesucht hast?«

»Klar«, Katharina lacht unsicher. »Wieso denn nicht?«

»Deine Vorgängerin hat es jedenfalls nur eineinhalb Semester ausgehalten, dann war sie weg.« Zoe verdreht die Augen. »Jura!«

Katharina beißt sich auf die Lippen. Na, das ist ja ein toller Einstieg! Erst lassen die beiden sie stundenlang im Regen stehen und jetzt diese Andeutungen. Hoffentlich ist Lilja ein bisschen netter.

»Mach dir keine Sorgen!« Zoe scheint zu erraten, was in ihr vorgeht, und wird wieder versöhnlicher. »Wir werden schon klarkommen. Christin war eben nicht sehr WGtauglich. Jetzt hat sie eine eigene Wohnung, da kann sie in Ruhe ihre Gesetze büffeln.« Zoe schnippt die Asche in den Aschenbecher und betrachtet ihre Zigarette. Aber Katharina hat das Gefühl, als ob Zoe sie in Wirklichkeit skeptisch mustern würde.

»Die Wohnung hier haben Liljas Eltern gekauft, es ist eine Eigentumswohnung. Hat einen Batzen Kohle gekostet.«

»Dann sind Liljas Eltern reich?«

»Für meine Begriffe stinken die vor Geld. Aber ich hab andere Maßstäbe. Meine Eltern haben kein Ferienhaus in Marbella.«

»Ein Ferienhaus auf Marbella!« Katharina lacht ungläubig.

»Ja. Mit sechs Schlafzimmern. Und jedes Schlafzimmer hat ein eigenes Bad. Damit wird sie dich noch zutexten. Lilja lässt es gern raushängen, wie privilegiert sie ist. Na ja, wirst du selber noch merken.« Zoe drückt die Zigarette auf der Untertasse aus und steht auf. »Ich zeig dir jetzt das Bad. Bad ist wichtig. Aber damit du gleich Bescheid weißt, Lilja braucht immer fünfundvierzig Minuten, jeden Morgen.«

Das Bad ist riesig, weiß gekachelt, hat eine Wanne, eine extra Dusche und zwei Waschbecken. Und, durch eine halbhohe Wand abgetrennt, eine Art Wäscheraum mit

Waschmaschine, Wäscheständer und einem Trockner. Berge von schmutziger Wäsche stapeln sich in einer Ecke.

Es riecht nach Apfelshampoo. Das Milchglasfenster ist halb geöffnet. Eine Taube gurrt.

»Wow, ist das schön!« Katharina strahlt.

Zoe drückt die nächste Tür auf. »Klo ist extra«, sagt sie, »wenn das nicht wäre, gäbe es jeden Morgen Mord und Totschlag.«

Sie schlurft vor Katharina den Gang entlang und deutet nach rechts. »Mein Zimmer. Mach ich aber jetzt nicht auf, damit du keinen Herzinfarkt kriegst. Ich muss dringend mal wieder aufräumen, aber im Moment hab ich einfach zu viel zu tun.«

»Studium?«, fragt Katharina mitfühlend.

Zoe dreht sich kurz um und erwidert knapp: »Eher nicht. Ich bin zwar für Pharmazie eingeschrieben, aber zu sagen, dass ich das studiere, wäre übertrieben. Ich mach Musik.«

»Hey, klingt interessant! Was denn so?«

Zoe wirft Katharina einen abfälligen Blick zu. »Das gefällt dir sowieso nicht.«

»Woher willst du das denn wissen?«, fragt Katharina jetzt ein bisschen schnippisch. »Du kennst mich doch gar nicht.«

Zoe zieht lachend an Katharinas dickem Zopf. »James Blunt . . . so etwas passt zu dir.«

»Hey, das ist gemein!« Katharina will empört klingen, aber es gelingt ihr nicht richtig. Denn Zoe hat es ziemlich genau getroffen. Justus hat sie damit auch immer aufgezogen. »Schmusesongs für meine Sommersprosse«, hat er liebevoll geneckt.

»Stimmt's?«, fragt Zoe.

»Stimmt.« Katharina lässt gespielt den Kopf hängen. »Bekenne mich schuldig.«

Zoe lacht noch, als sie mit der Faust gegen die nächste Tür ballert. »Liljas Zimmer«, sagt sie. »Sie schließt immer ab. Damit wir ihr die Diamanten nicht klauen. So, das wär's, dahinten ist dein Zimmer. Ich muss weg, aber fühl dich einfach wie zu Hause.« Sie schlägt Katharina auf die Schulter, und zwar so, dass Katharina später nachsehen wird, ob sich da ein blauer Fleck bildet, greift im Gehen in einen der Kleiderhaufen im Flur, zieht eine schwarze, silberbestickte Jacke heraus und ist im nächsten Augenblick verschwunden.

Katharina schaut ihr nach, entgeistert über den plötzlichen Abgang, da klingelt ihr Handy. Sie braucht einen Moment, um sich zu besinnen, ihr Handy steckt in der Laptoptasche.

»Mama ruft an«, steht auf dem Display.

Katharina unterdrückt ein Seufzen. Wie lange ist sie jetzt schon in Hamburg? Drei Stunden?

»Hallo, Mama!«, knurrt sie ins Telefon.

»Na, meine Süße?« Die Stimme ihrer Mutter ist atemlos. Sie erledigt immer zwei Dinge auf einmal. Wahrscheinlich balanciert sie gerade das Telefon, während sie durch den Stall rennt. »Bist du gut angekommen? Hat alles geklappt?«

»Ja, bin ich. Alles in Ordnung.«

»Der Zug hatte keine Verspätung?«

»Nein.«

»Und die Wohnung? Wie ist es?«

»Gut.«

»Und die beiden anderen Mädels, hast du sie schon kennengelernt?«

»Nur Zoe.«

»Und wie ist sie so? Erzähl doch mal. Ich sterbe vor Neugierde.«

Katharina verdreht die Augen. »Mama, dann musst du dich noch ein wenig weiterquälen. Ich kann jetzt nicht reden, wir telefonieren später, ja?«

Ihre Mutter seufzt, aber schließlich gibt sie auf.

»Bis später, mein Schatz. Dann will ich alles haarklein hören.« Sie legt auf.

Alles haarklein hören, denkt Katharina. Genau das ist das

Problem. Denn sie möchte ihrer Mutter nicht alles erzählen. Nicht, wie lange sie vor der Tür gewartet hat. Nicht, wie abrupt sie Zoe eben einfach hat stehen lassen. Und ganz bestimmt nicht davon, dass Katharina sich plötzlich ganz anders fühlt als zu Hause.

Irgendwie unsicher.

Irgendwie eingeschüchtert.


Es ist fünf Uhr nachmittags, als Katharinas zweite Mitbewohnerin auftaucht. Katharina räumt ihre Schminksachen gerade in das leere Fach im Bad. Ihre Handtücher hat sie erst mal auf dem Badewannenrand liegen lassen.

Ihre Zimmertür steht sperrangelweit offen. Sie geht zwischen dem Bad und ihrem Zimmer, in dem der offene Koffer steht, hin und her.

Das Zimmer ist noch schöner, als sie erwartet hat, hell und modern eingerichtet, alles rot und gelb. Eine dicke Matratze liegt auf dem Boden, sie dient gleichzeitig als Sofa und Bett. Zwei Liegestühle mit gestreiften Kissen stehen vor dem Fenster, das sieht aus wie am Strand, das findet Katharina besonders chic. Ein großer Schrank, ein Schreibtisch, der eigentlich nur eine Spanplatte ist, auf Böcken. Schön groß. Und eine helle Arbeitslampe. Mit biegsamem Arm.

Katharina hat ihre Bücher und den Laptop auf den Tisch gestellt, bevor sie sich zufrieden umgesehen hat. Ja, so hat sie sich das mit ihrem neuen Leben vorgestellt – so muss das sein.

Der Zahnputzbecher klappert, als sie ihn auf das Glasbord stellt. Im Spiegel sieht sie eine Bewegung. Katharina schaut hoch und plötzlich sieht sie diese Superblondine direkt hinter sich. Mit wasserblauen Augen.

»Gott!«, ruft Katharina. »Hast du mich erschreckt.«

Das Mädchen sagt nichts. Es mustert Katharina von oben bis unten, lange, als könne es sich nicht recht entscheiden, wie es reagieren soll. Schließlich seufzt es und murmelt, kaum hörbar: »Oh!«

Katharina dreht sich um. Hat sie sich verhört? Wird sie von diesen *Ohs* jetzt hier in Hamburg verfolgt?

Sie reißt sich zusammen. »Lilja? Stimmt's?«, fragt sie.

Lilja nickt nur.

»Endlich sehen wir uns!«, sagt Katharina fröhlich. »Deine Mails waren nett, weißt du? Ich kann es noch gar nicht fassen, dass ich wirklich hier bin!«

Lilja antwortet nicht. Sie geht einfach an Katharina vorbei und setzt sich auf den Wannenrand. Genau auf Katharinas frische Handtücher. Aber das ist sicher Absicht, denn Lilja trägt einen kurzen Mini und die Badewanne ist kalt, sie schlägt ihre glänzenden, haarlosen, superschlanken Beine übereinander und wippt mit den Zehen. Katharina kommt es so vor, dass sie extra auf ihre glitzernden Flip-Flops und die pedikürten Füßchen aufmerksam machen will.

Aber da braucht sie sich keine Sorgen zu machen, denn Katharina kann nicht anders, sie muss Lilja anstarren.

Katharina ist überzeugt davon, noch nie ein so schönes Mädchen gesehen zu haben. Wie aus einem teuren Modemagazin. Makellos. Teuer gekleidet, raffiniert, aber lässig frisiert, geschminkt wie für einen großen Auftritt. Eine Mischung aus Paris Hilton und Kate Moss.

Katharina ist fasziniert und voller Bewunderung, aber gleichzeitig auch wieder eingeschüchtert.

Mit einem solchen Wesen, das aus jeder Pore Überlegenheit atmet, soll sie zusammenwohnen? Dieses blonde, duftige Haar, das Lilja jetzt nach hinten wirft, als wolle sie sagen: Schau mal, so einen teuren Friseur kann ich mir leisten. Als wäre sie die personifizierte Werbung für das edelste Haarshampoo der Welt. Die Haare fallen weich und seidig bis auf die Schultern. Als Katharina reflexartig ihre eigenen roten, schweren Haare berührt, fassen sie sich an wie Pferdehaar.

Liljas Schulterkugeln: wie Porzellan, so fein, so zerbrechlich, alles an ihr ist zerbrechlich, der Schwanenhals, die beiden Knöchelchen des Schulterbeins, die hauchdünne

Bluse über einem Top, das ihre kleinen Brüste betont. Eine Taille, die man mit zwei Händen umfassen kann. Liljas Oberschenkel sind nicht dicker als Katharinas Oberarme. Und dabei straff und fest.

Im Vergleich zu Lilja kommt sich Katharina plötzlich plump und unförmig vor. Unwillkürlich schaut sie auf ihre eigenen Unterarme, vielleicht weil Liljas Blick darauf gerichtet ist – sie starrt richtig –, und zum ersten Mal in ihrem Leben sind Katharina ihre vielen Sommersprossen unangenehm. Instinktiv versteckt sie den Arm hinter ihrem Rücken.

Lilja lenkt jetzt ihren Blick auf ihre schmalen weißen Hände und die rosa lackierten Fingernägel. Sie seufzt tief auf. »Mami hat mir gesagt, guck sie dir doch erst mal an, bevor du ihr einen Platz in deiner Wohnung anbietest.«

Katharina spürt, wie ihr die Röte ins Gesicht schießt. Was soll denn das jetzt heißen? Sie verschränkt die Arme vor der Brust, versucht, Gelassenheit auszustrahlen.

»Damit ich keine bösen Überraschungen erlebe wie beim letzten Mal«, fügt Lilja hinzu. »Aber ich hatte auf so viel Aktion keinen Bock. Mir war das alles zu viel Stress. Ich hab so schon genug Stress.«

»Ich bin also eine böse Überraschung?«, fragt Katharina entgeistert. Sie kann nicht fassen, was da aus diesem kleinen, hübschen Mund kommt. »Und wieso weißt du das jetzt schon?«

»Komm. Sei nicht beleidigt. Ich sag nur, was ich denke.«

»Und was denkst du?«, fragt Katharina weiter. Spannung liegt in der Luft, wie vor einem Gewitter, das noch fern ist, aber sich bestimmt mit Blitz und Donner entladen wird.

Lilja zieht eine Haarsträhne aus der Stirn und schiebt sie hinter das Ohr. Sogar ihre Ohren sind formvollendet, makellos. »Ich weiß nicht. Aber ich hab nach den Mails, die wir uns geschrieben haben, ein anderes Bild von dir gehabt.«

»Und was ist das für ein Bild?«, faucht Katharina. Was bitte, glaubt Lilja eigentlich, wer sie ist?

Lilja antwortet nicht.

Katharina holt ein Mal tief Luft. So geht das nicht, denkt sie. Das hier läuft gerade so was von schief, das muss sie stoppen, sonst hat das doch keinen Sinn.

»Hör mal, ich bin deine neue Mitbewohnerin Katharina«, sagt sie und ist stolz darüber, wie ruhig ihre Stimme klingt. Nicht die leiseste Spur von Wut ist zu hören. »Und ich würde mich wirklich freuen, wenn wir uns erst einmal ganz normal begrüßen könnten, bevor wir uns hier anzicken!«

Lilja schaut überrascht hoch. Offenbar hat sie damit

nicht gerechnet. Plötzlich lächelt sie. »Du hast recht. Lassen wir das. Jetzt ist es, wie es ist.«

Ehe Katharina zu einer Erwiderung ansetzen kann, steht sie auf, breitet die Arme aus, geht auf Katharina zu und umschlingt sie. Ein Rosen- und Jasminduft hüllt sie beide ein. Lilja küsst Katharina auf die Wange. Ihre Lippen sind feucht und weich.

»Ich bin ein Ekel, ich weiß«, haucht Lilja ihr ins Ohr. Aber ihre Stimme klingt, als wäre sie stolz darauf, ein Ekel zu sein.

Katharina atmet tief durch, zählt bis drei und sagt: »Hallo, Lilja. Schön, dich kennenzulernen.«

»Hallo«, flüstert Lilja, »herzlich willkommen.«

Ihr Parfum nimmt Katharina fast den Atem.

»Ich wollte eigentlich heute Vormittag hier sein, hast du lange gewartet?«, fragt Lilja, sanft wie ein Lamm, mit kugelrunden naiven Augen und bettelnden Lippen. Das Kindchenschema. Hollywoodreif.

Damit kommt sie vielleicht bei ihrem Freund durch, denkt Katharina, aber bei mir ganz bestimmt nicht.

Doch dann schiebt sie den Gedanken beiseite. Sie möchte fair bleiben. Sie haben einen schlechten Start gehabt, okay. Aber jetzt versucht Lilja, nett zu sein. Und Katharina ist kein Spielverderber. War sie noch nie. Sie kann Spannungen nicht gut ertragen.

»Ja, ich habe gewartet«, gibt sie zu. »Aber macht nichts.«

»Oh, tut mir leid, wie lange denn?«

»Zwei Stunden oder so.«

Lilja verschluckt sich fast vor Schreck. »Zwei Stunden?«, keucht sie. »Mein Gott!« Sie umarmt Katharina. »Du armes Schätzchen. Und es hat geregnet, oder?«

Katharina nickt und Lilja verschluckt sich wieder. Tränen steigen ihr in die Augen und Katharina hat plötzlich den bösen Verdacht, dass Lilja nur einen Lachanfall vertuschen will. Ist das etwa Schadenfreude, fragt sie sich und spürt einen Kloß im Hals.

»Wie gemein von mir! Ich könnte mir in den Hintern treten!«, ruft Lilja theatralisch. »Aber ich hatte ziemlichen Stress mit Mike, das ist mein Freund. Eigentlich die ganze Woche schon. Wir haben immer . . . aber egal . . . Ich hatte heute Morgen einfach nicht mehr daran gedacht, dass du kommst, und dann hat Zoe mich dran erinnert, aber da rief dann gerade Mike an und . . . ach, das ist echt eine blöde Geschichte.« Sie wischt sich die Träne behutsam aus dem Augenwinkel, um das Make-up nicht zu ruinieren. »Aber du hast es überlebt, oder?«

»Ja.« Jetzt lacht Katharina gutmütig. Der Auftritt von Lilja ist aber einfach auch zu bühnenreif – das muss sie neidlos anerkennen. Das Beste wird sein, es einfach zu vergessen. »Ich habe es überlebt.«

Entschlossen greift sie nach ihren Handtüchern, geht in ihr Zimmer und stopft sie in den Kleiderschrank. Als sie sich umdreht, steht Lilja schon wieder in der Tür.

»Hey – tut mir leid, dass ich mich eben so bescheuert verhalten hab«, sagt sie. Ihr Lächeln ist immer noch süß. »Ich hab mich auf dich gefreut. Und das mein ich ernst.«

Katharina lächelt zurück. Jetzt klingt Lilja nicht mehr nach Theater, sondern ganz ehrlich. »Dann ist es ja gut«, sagt sie. Und etwas leiser fügt sie hinzu: »Ich hab mich nämlich auch gefreut.«

»Dass wir jetzt wieder zu dritt sind, finde ich klasse«, sagt Lilja munter. »Wir kommen bestimmt gut klar. Manchmal bin ich ein Scheusal, ich weiß. Mein Therapeut sagt, dass wir daran arbeiten müssen.«

Wie bitte, denkt Katharina. Ihr Therapeut? Soll das ein Witz sein?

Achselzuckend bückt Katharina sich, um einen Stapel Pullis aus dem Koffer zu holen. Lilja lehnt am Türrahmen.

»Ich war nur im ersten Moment so geschockt, als ich dich da im Bad gesehen habe«, fährt sie fort.

Katharina verharrt mitten in der Drehung. »Wieso geschockt?«, fragt sie.

»Weil du . . .«, Lilja zögert, lacht ein bisschen überdreht,

»na ja, weil ich nicht damit gerechnet hab, dass du so fett bist. Ich meine, ich bin auch noch zu dick, aber du . . .«

Katharina presst die Pullis an ihren Körper, als müsse sie sich daran festhalten. Sie starrt Lilja an, unfähig, etwas zu erwidern. Unfähig, sich zu rühren. Sie merkt, wie ihr die Röte ins Gesicht steigt.

Was ist bloß los mit ihr? Wenn ihr früher jemand blöd gekommen ist, dann hatte sie immer einen Spruch parat.

Aber wenn sie ehrlich ist, noch niemals hat ihr jemand etwas so Verletzendes an den Kopf geworfen und dabei auch noch gelächelt.

Die Hitze auf Katharinas Wangen wird immer stärker. Und sie kann nichts dagegen tun. Jetzt fehlt bloß noch, dass ihr die Tränen in die Augen steigen.

Reiß dich zusammen, Katharina, ermahnt sie sich selbst. Das ist völliger Blödsinn! Du bist nicht fett. Du bist ganz normal, hundertprozentig durchschnittlich normal. Okay, da ist diese kleine Speckrolle an ihrem Bauch, aber die macht einen doch nicht fett!

Los! Sag was! Lass dir etwas einfallen! Wozu hast du einen IQ von 142?

Lilja hat den Kopf zurückgelehnt, sodass Katharina ihr Profil sehen kann, die Nase ist so gerade und schön, als wäre sie von einem Schönheitschirurgen modelliert.

»Ist das deine echte Nase?«, fragt Katharina mit unschuldiger Stimme.

Lilja schaut sie an. Ihre Augen rund wie große blaue Teller. »Na klar, wieso?«

Jetzt ist es Katharina, die lächelt. »Nur 'ne Frage.«

Lilja macht zwei Schritte ins Zimmer. Ganz unsicher plötzlich. »Wieso fragst du, ob meine Nase echt ist?«

»Denk dir nichts dabei«, sagt Katharina großzügig, »ich war nur so geschockt.«

»Was?«, flüstert Lilja. »Wieso denn geschockt?«

Siehst du, denkt Katharina grimmig, das war leicht.

»Sag doch!«, ruft Lilja. Sie hat plötzlich hektische Flecken im Gesicht. »Was schockt dich denn an meiner Nase?«

Ihre Finger fahren zitternd über die Nasenflügel, so als fürchte sie, plötzlich eine Knollennase zu haben.

Katharina wirft die Pullis in den Schrank. Ihr Herz hämmert, sie ist wütend auf Lilja, auf sich selbst, dass sie so gelähmt war, dass sie zu spät reagiert hat. Die ganze Situation ist total verfahren. Sie fragt sich, wie sie jemals hier in der WG gut zusammenleben sollen, nach diesem Anfang.

Wenn jetzt jemand hereinkäme und ihr eine andere Wohnung anböte, würde sie sofort Ja sagen. Sofort.

Ihren ganzen Krempel wieder einpacken und weg.

Aber es ist niemand da, nur Lilja und sie.

»Was ist mit meiner Nase?«, wiederholt Lilja drängend, ihre Stimme ist fast panisch.

»Nichts«, ruft Katharina. »Nichts! Mädel, begreif doch: Das war ein Witz! Ich wollte dir nur zeigen, wie ich mich gefühlt hab, als du das gesagt hast.«

Liljas Lider flattern. »Wieso? Was hab ich denn Schlimmes gesagt?«

Kann sie tatsächlich so blöd sein oder tut sie nur so, denkt Katharina. Egal. Schlussstrich! Sie muss dem Ganzen ein Ende machen!

Sie schaut Lilja in die Augen. »Vergiss es einfach. Ich hab's nur so dahingesagt. Ich hätte dich ebenso gut fragen können, ob das deine Beine sind.«

Lilja schaut an ihren Beinen hinunter, hebt ein Knie, winkelt das Bein an. Runzelt die Stirn.

»Was ist denn mit meinen Beinen?«

Irgendwo in der Wohnung klingelt ein Telefon.

Dem Himmel sei Dank, denkt Katharina. Sie schließt die Augen.

Lilja wirbelt herum. Katharina hört, wie ihre Flip-Flops auf dem Holzfußboden im Flur klatschen, dann Liljas Puppenstimme, leicht atemlos: »Ja, hallo? Lilja spricht.«

Noch während Katharina ihre Zimmertür zudrückt, hört sie, wie Lilja plötzlich auflacht, hell und gurrend, und ruft: »Mike! Endlich! Ich warte seit Stunden, dass du dich meldest! Was war denn los?«

Dann fällt die Wohnungstür ins Schloss. Katharina lehnt sich gegen die Schrankwand und merkt erst jetzt, dass ihre Knie zittern.

# 3. Kapitel

*Ich hasse mich. Warum bin ich so? Warum kann ich nicht normal sein? Warum verbocke ich immer alles, jedes Mal wieder, von Anfang an? Aber als ich diese unglaublich roten Haare gesehen habe und diesen Hundeblick aus ihren riesigen Augen – das hat mich einfach gereizt, da bin ich mal wieder ausgetickt.*

*»Du bist okay, die anderen sind okay«, sagt mein Therapeut immer. »Leben und leben lassen, Lilja«, sagt er. »Denk daran, bevor du um dich beißt«.*

*Dass ich nicht lache! Der versteht doch nichts! Sonst würde er sehen, dass ich das Gegenteil von okay bin.*

*Dass es mir sauschlecht geht.*

Katharina wälzt sich auf ihrer Matratze hin und her, ein ungewohntes Gefühl, so nah am Boden zu liegen, so nah an den Staubfuseln und dem Schweißgeruch, der aus den Schuhen kommt.

Ist doch verrückt, jetzt ist sie fast siebzehn und hat noch nie vorher bemerkt, dass ihre Schuhe nach Schweiß stinken.

Morgen muss sie die Schuhe vor die Tür stellen. Nein, besser nicht, sonst kommt Lilja nach Hause, stolpert über die Dinger und bekommt einen Schreikrampf.

Zu fett und auch noch Fußschweiß.

Ich bin verrückt, ich muss aufhören, mir über so einen Mist Gedanken zu machen.

Von irgendwoher ist das Wummern von Bässen zu hören, nur sekundenlang, dann ist es wieder vorbei.

Katharina fühlt sich völlig fehl am Platz. Wie in einem Raumschiff, das ins Trudeln geraten ist, und niemand weiß, ob es mit der Landung gut geht.

Lilja ist am Abend weggegangen, ohne sich von Katharina zu verabschieden. Im Kühlschrank hat sie nur ein Glas Senf und zwei Becher Magermilchjoghurt gefunden. Das war alles. Schließlich hat sie sich mit einer Tafel Haselnuss-Schokolade zufriedengegeben. Lust, bei dem Sauwetter einzukaufen, hatte sie nicht mehr.

Abgesehen davon hätte sie nicht mal gewusst, wo der nächste Supermarkt ist. Ihre Mitbewohnerinnen haben sich schließlich nicht gerade Mühe gegeben, ihr irgendetwas zu erklären. Sie hat ja noch nicht einmal einen Hauch von Ahnung, wie das in der WG mit der Hausarbeit oder dem Einkaufen geregelt wird.

Ob die beiden das Wort *Höflichkeit* überhaupt kennen? Katharina glaubt inzwischen nicht mehr daran.

Doch gleich darauf ärgert sie sich über ihre eigenen Gedanken. Sie steigert sich in etwas rein, das darf nicht passieren.

Hallo, Katharina! Du bist hier in Hamburg, du bist Studentin! Übermorgen gehst du in die Uni, ist doch toll.

Sie liegt da, die warmen Hände auf dem kalten Bauch, wie um ihn zu schützen. Ihr Bauch ist nicht dick. Sie prüft zwischen den Fingern die kleine Speckfalte. Nicht der Rede wert. Lilja spinnt. Zu behaupten, sie sei fett! Da müsste sie mal andere aus ihrer alten Klasse sehen, Bibi zum Beispiel, mit ihrer Gummibärchensucht oder Larissa, deren Oberschenkel sich bei jedem Schritt aneinanderreiben. Ihr Bauch ist doch ganz flach. Wenn sie die Luft einzieht, ist er praktisch eine Mulde und sie kann ihre Hüftknochen fühlen. Außerdem ist es egal. Ihr Gewicht hat sie noch nie interessiert.

Sie ist schließlich nicht nach Hamburg gekommen, um einen Modelwettbewerb zu gewinnen, sondern um zu studieren.

Lilja studiert angeblich auch. Das hat sie in den Mails geschrieben. BWL. Wahrscheinlich nur, weil es da die besten Typen gibt. Alle Jungen, die später mal einen Pool, eine Motorjacht und eine sexy Blondine als Ehefrau haben wollen, studieren BWL oder Jura.

Gott, was für billige Vorurteile! Andererseits – bei Lilja passen sie einfach. Katharina kann sich richtig vorstellen, wie Lilja all ihren Ehrgeiz darauf verwendet, sich einen reichen Mann zu angeln.

Katharina träumt davon, später vielleicht nach Afrika zu gehen oder in irgendein Entwicklungsland, um dort die Kinder zu unterrichten. Sie weiß, auch das klingt vielleicht nach einem Klischee. Den Kindern zu helfen, die mit schlechteren Bildungschancen auf die Welt gekommen sind. Aber trotzdem hat sich dieser Traum in ihrem Kopf festgesetzt, hartnäckig und bohrend.

»Lass es bloß langsam angehen«, hat ihr Vater geraten, »es kommt doch gar nicht drauf an, ob du ein Semester früher oder später fertig wirst. Genieß die Zeit! So viel Freiheit hast du in deinem Leben nie wieder!« Dann hat er sie in den Arm genommen. Und dass er stolz auf sie sei, hat er gesagt, mächtig stolz.

»Dein Vater hat recht«, hat ihre Mutter hinzugefügt. »Nicht immer so ehrgeizig sein, meine Große, okay? Du musst nicht auch noch auf der Uni die Beste sein, sonst bekommen wir bald Angst vor dir.«

Katharina kann die lustige Stimme ihrer Mutter immer noch hören und plötzlich fällt ihr ein, dass sie gar nicht zurückgerufen hat, wie versprochen. Jetzt ist es zu spät, aber nun wünscht sie, sie hätte es nicht vergessen.

Was Mama wohl zu Lilja gesagt hätte? Wahrscheinlich hätte sie einen albernen Spruch gemacht, Katharina hätte lachen müssen und alles wäre wieder gut.

Kurz überlegt sie, ob sie nicht doch noch nach ihrem Handy greifen soll, aber sie reißt sich zusammen. Wäre ja auch peinlich, gleich am ersten Tag, den sie alleine in der Großstadt verbringt, nach Mami zu jammern!

Du kannst das auch alleine, denkt sie sich. Du musst sogar! Wäre doch gelacht. Katharina die Große!

Draußen rauscht der Verkehr vorbei, ein ewiges monotones, dumpfes Geräusch, an das man sich gewöhnen kann wie an Meeresrauschen. Aber in der Wohnung ist es vollkommen still. Eine Stille, in der die Einsamkeit fühlbar wird. Eine Stille, in der man den Boden unter den Füßen verlieren kann und ins Taumeln gerät vor Sich-nicht-Auskennen. Und immer tiefer zieht diese Stille Katharina in die Leere. Hinein in die Selbstzweifel.

Zu unsicher. Zu jung. Zu fett.

Was ist bloß in der kurzen Zeit mit ihr passiert? Sicher, früher war sie auch nicht immer das Selbstbewusstsein in Person, aber Katharina hat das immer gut verbergen können. Meist hatte sie Erfolg damit, niemand hat etwas gemerkt.

Sie war ja das kluge Kind, das mit dem IQ von 142. Die Schlaue.

»Wenn ich nicht sofort an etwas Schönes denke«, murmelt Katharina, »schlaf ich überhaupt nie mehr ein.«

Sie holt tief Luft und ruft sich den Moorsee vor ihr inneres Auge.

Gleich hinter ihrem Hof geht ein schmaler Fußweg ab, durch mannshohes Gras und Kräuter und Wiesenschaumkraut und Sauerampfer. Die biegsamen Grashalme kitzeln die nackten Kniekehlen, weil der Weg fast zugewachsen ist. Ein verwittertes Holzschild weist den Weg, aber die im Dorf wissen sowieso Bescheid und von außerhalb kommt niemand zum Ostersee. Es ist ein Moorsee und er hat ganz weiches Wasser, die Haut fühlt sich an wie mit Perwoll gewaschen, wenn man darin schwimmt.

Das hat Justus immer gesagt. Er sagt immer solche Sachen, weil er sich gern über die Fernsehwerbung lustig macht.

Immer wenn Katharina in den See hineingewatet war, wirbelte sie automatisch den Moorgrund auf, das ließ sich gar nicht vermeiden. Die Erde war so leicht und flockig und vermischte sich mit dem Wasser und färbte das Wasser braun, aber das war kein Dreck, das war Moor.

In der Nähe der alten Buche gibt es einen Holzsteg, der weit hinausführt, etwas morsch schon. Katharina und Justus sind immer bis zum Ende des Bootssteges gelaufen und von dort mit einem flachen Kopfsprung ins Wasser, dann blieb es an der Oberfläche vollkommen klar. Dann konnten sie die silbernen Fischlein sehen, die davonflitzten. Und wie die Mücken und die Falter dicht über der Wasseroberfläche flogen. Wie die Schwalben kreisten und blitzschnell tauchten, für einen Schnabel Wasser, ehe sie sich wieder davonmachten.

Manchmal ist sie mit Justus um die Wette geschwommen, Kraulen, Brust und Rücken, und immer hat sie beim Rückenschwimmen gewonnen und Justus beim Kraulen.

Dann gab es für den Sieger einen Kuss. Justus hat sie im Wasser um die Taille gefasst und sie haben eine Art Schwimmtanz aufgeführt, ihre Körper glitten aufeinander zu und wieder voneinander, berührten sich, wie Fischleiber, so glatt und leicht.

Er hat gesagt, du bist schön, Katharina, ich mag dich, Katharina, ich bin so gern mit dir zusammen.

Sie hat gedacht, das gilt für immer. Sie hat ihn geküsst und umarmt, hat ihren Badeanzug heruntergestreift bis zur Taille und ihre Brüste haben ganz weiß geleuchtet und der Rest des Körpers war so braun. Ihre roten, langen Haare schwebten im Wasser. Sie hat ihren braun gebrannten Körper genossen, hat die Bewegungen im Wasser genossen, fühlte sich selbst so leicht, so biegsam, so geschmeidig.

Sie ist abgetaucht und durch Justus' gespreizte Beine hindurchgeschwommen und dann er durch ihre Beine. Manchmal hatte sie den Mund voller Wasser und bekam einen Schluckauf. Dann mussten die Küsse warten.

Wenn sie auf dem Rücken lag und toter Mann spielte, konnte sie manchmal einen Adler sehen, einen Bussard, der über dem Nachbarfeld kreiste, vielleicht hatte er eine Maus im Visier, einen Marder. Oder ein junges Kaninchen. Stundenlang konnte Katharina an heißen Sommerabenden so im Wasser treiben, Justus neben sich. Gemeinsam beobachteten sie den Himmel, wie er sich langsam färbte und dunkler wurde, bis sie auf einmal den Mond sahen, ganz hoch am Himmel. Als hätte ihn in der Sekunde jemand dahingehängt. Nur damit es noch romantischer wird.

So romantisch, dass man es kaum aushält.

Schnell einschlafen, bevor die schönen Gedanken wieder entschwinden. Bevor Katharina daran denken muss, dass all das in der Vergangenheit liegt.


Am nächsten Morgen steht Katharina früh auf, macht sich im Bad fertig und geht in ihr Zimmer zurück. Dort schreibt sie knallgrüne Post-it-Zettel, die sie an Zoes und Liljas Tür hängt: »Ich muss mit euch reden, Katharina«. Dann streift sie ihre Jacke über und läuft die Treppen hinunter. Schon ist sie aus dem Haus und atmet tief die frische Herbstluft ein. Bildet sie sich das ein oder riecht es tatsächlich nach Meer?

Es hat aufgehört zu regnen, die Luft ist kühl und klar und Katharina macht sich neugierig daran, das Stadtviertel zu erkunden.

Es ist noch früh, aber dafür ist erstaunlich viel los auf den Straßen. Katharina merkt, wie ihr Herz vor Freude pocht, als sie sich umsieht. Wie kommt es bloß, dass man nachts, wenn man nicht schlafen kann, immer im Selbstmitleid versinkt? Sie versteht gar nicht mehr, warum sie sich so gequält hat. Der gestrige Tag erscheint ihr wie ein Albtraum, der von dem frischen Wind einfach weggeblasen wird.

Mit langsamen Schritten schlendert sie die Straße hinab. An der Ecke ist ein portugiesisches Café, eine Traube von Menschen drängt sich um die Theke und ein paar chic gekleidete Leute sitzen trotz des kühlen Wetters draußen und trinken einen morgendlichen Caffè Latte. Fahrradfahrer schießen ohne Rücksicht auf Verluste durch die Straßen, mehr als einmal fürchtet Katharina, mit ihnen zusammenzustoßen. Sie sieht alte, baufällige Häuser mit

Grafitti an den Wänden neben schicken Fabrikbauten, frisch renoviert. Es ist ein bisschen wild und ein bisschen bunt und ganz anders als Würzburg mit seinen kleinen Gassen und langweiligen Läden.

Das hier ist das richtige Leben.

Irgendwann stößt sie auf einen Supermarkt. Sie kauft Croissants und Brötchen, Milch, Butter und Marmelade. Danach bummelt sie gemächlich in die Wohnung zurück, schaut mal hierhin, mal dorthin.

Als sie schließlich mit den Einkäufen zurückkommt, ist es noch vollkommen still in der Wohnung. Katharina stellt mit einem Blick fest, dass die Zettel an den Türen zwar verschwunden sind, aber niemand ist zu sehen.

Okay, denkt Katharina, dann eben nicht.

Sie tut, als mache es ihr nichts aus. Doch ihre gute Laune hat schlagartig einen Dämpfer abbekommen. Dabei hat sie sich fest vorgenommen, sich von Lilja und Zoe nicht den Spaß verderben zu lassen.

Sie deckt den Frühstückstisch für drei Personen und kocht sich einen Tee. Dann setzt sie sich mit einem Buch an den Tisch.

Plötzlich geht die Tür auf. Zoe steht in der Küche.

»Na?«, sagt sie. »Worüber musst du denn so unbedingt reden?«

»Oh«, sagt Katharina, »ich hab dich gar nicht gehört.«

Zoe hebt wortlos ihren Fuß und deutet auf die dicken Wollsocken.

Katharina fragt Zoe, ob sie Kaffee oder Tee möchte. Zoe setzt sich an den Tisch und starrt auf die Tassen, die Teller, das Stück Butter auf einem frischen Teller, das Glas Marmelade.

»Himbeere! Woher weißt du, dass das meine Lieblingsmarmelade ist?«

»Geraten«, erwidert Katharina.

Zoe nimmt einen Löffel, steckt ihn in die Marmelade und schiebt den Löffel dann in den Mund.

»Bist du so eine, die sich immer kümmert?«, fragt Zoe. »So eine Kümmerin?«

Katharina lacht unsicher. »Keine Ahnung, ich hab das Wort noch nie gehört.«

»Hier ist das nämlich nicht üblich«, sagt Zoe, »hier macht jeder sein eigenes Ding.«

»Esst ihr nie zusammen?« Katharina will nicht enttäuscht klingen, aber sie kann nicht anders. Sie muss daran denken, wie sie sich ihr WG-Leben ausgemalt hatte.

»Essen? Frag mal Lilja, ob sie überhaupt weiß, was das ist.« Zoe nimmt sich ein Croissant, schaut es von allen Seiten an, beißt hinein. »Superlecker«, stellt sie fest.

Katharina nimmt auch ein Croissant. Sie essen eine Weile schweigend, der Tee ist heiß, Katharina muss pusten. Zoe will die Milch direkt aus der Tüte trinken, aber als sie Katharinas Gesicht sieht, gießt sie die Milch in ihre Tasse.

»Ist Jahre her, dass es hier morgens frische Milch gab«, sagt sie, leert die Tasse in einem Zug und gießt nach. »Dabei das beste Mittel gegen zu viel Alkohol.« Zoe lehnt sich zurück und atmet tief durch. »Wow, was für eine Nacht!«

»Was hast du gemacht?«, fragt Katharina. Sie will lässig sein, aber plötzlich findet sie, dass ihre Stimme hoch und kindlich klingt, ein bisschen wie die kleine Schwester von Justus, die ständig die Größeren genervt hat.

»Musik. Was sonst.« Zoe greift nach dem zweiten Croissant. »So was wie ASP, das ist unsere Richtung.«

»Aha.« Katharina hat keine Ahnung, was sie sich darunter vorstellen soll. Klingt so ähnlich wie Aspirin, denkt sie.

Zoe streckt ihr grinsend den Zeigefinger hin. »Siehst du, ich hab's gewusst. Du hast von Musik keine Ahnung.«

Sie hören, wie eine Tür klappt.

»Lilja geht ins Bad. Oh, Scheiße.« Zoe springt auf, rennt in den Flur, pocht gegen die Badezimmertür. »Lilja, kann ich schnell noch mal rein? Ich hab's eilig. Hey, ich war grad auf dem Weg!«

Katharina hört, wie Lilja die Tür öffnet und faucht: »Wieso fällt dir das immer ein, wenn ich gerade ins Bad will? Verdammt, du hättest schon längst fertig sein können.«

»Nur Zähne putzen«, sagt Zoe. »Eine Minute.«

»Zähne kann man nicht in einer Minute putzen«, knurrt Lilja.

Dann geht die Tür zu. Katharina greift nach ihrer Tasse und versucht, ein Seufzen zu unterdrücken. Als sie aufschaut, steht Lilja in der Tür. Im XXXXL-T-Shirt, unter dem ihre nackten Beine spindeldürr hervorschauen. Die knochigen, spitzen Knie. Und übergroße Füße, flach wie Pinguinfüße. Irgendwie sieht die ganze Frau wie ein Pinguin aus, denkt Katharina. Der Gedanke tut ihr gut.

»Hast du Geburtstag?«, fragt Lilja.

»Nein«, sagt Katharina. »Wieso?«

»Na ja, weil das hier so aussieht. Oh Gott! Butter! Hast du das alles eingekauft?« Sie kommt an den Tisch, nimmt sich ein Croissant, bricht es in der Mitte durch, lässt es auf einen Teller fallen und pickt mit dem Zeigefinger ein paar Krumen auf.

Komische Art, ein Croissant zu essen, denkt Katharina, und dann will sie einen Spruch machen über das, was gestern vorgefallen ist, ganz lässig, ganz cool, aber dann kommt doch nichts heraus.

»Ich dachte, es wäre keine schlechte Idee«, sagt sie stattdessen lahm und ärgert sich über sich selbst. »Der Kühlschrank ist komplett leer.«

»Wir haben ja auch keine Party«, erwidert Lilja, als würde

das alles erklären. Sie setzt sich, schaut sich auf dem Tisch um, schüttet etwas Milch in ihre Tasse und löffelt die Milch. Sie trinkt tatsächlich Milch mit dem Teelöffel! Katharina sieht fasziniert zu. Aber schon steht Lilja wieder auf, geht um den Tisch herum und baut sich mit dem Rücken zu Katharina auf. Sie deutet auf eine Stelle an den Schulterblättern.

»Kannst du mal kratzen, bitte?«, sagt sie. »Irgendwas hat mich gestochen. Wieso gibt es immer noch Mücken?«

»Im Herbst kommen die ins Haus«, erklärt Katharina. »Sie suchen die Wärme.«

»Du kennst dich mit Mücken aus?«

»Na ja«, Katharina muss lachen, »ich komm vom Bauernhof. Mücken, Fliegen, Spinnen. Von allem reichlich.«

»Spinnen? Mein Untergang!«

»Spinnen tun doch nichts. Es gibt unheimlich schöne Spinnen.« Sie kratzt mit den Fingernägeln über Liljas Schulter.

»Mhm«, Lilja wirft den Kopf zurück, »tut das gut. Mehr!«

Als sie schließlich zufrieden an ihren Platz zurückkehrt, fragt sie: »Okay, ich hab deinen Zettel vorhin gefunden. Worüber willst du mit uns reden?«

»Über alles«, sagt Katharina.

Lilja zieht dramatisch die Augen zu einem Spalt zusammen. »Über alles?«

»Na ja, über den Ablauf hier. Wie wir zusammenleben, ich meine, wie wir das zusammen gestalten.«

»Zusammen gestalten?« Zoe, die in diesem Augenblick in der Küche auftaucht, grinst. »Was hör ich da?«

Lilja macht eine großartige Handbewegung. »Darf ich vorstellen? Das ist Zoe. Und Katharina«, sagt sie.

»Weiß ich doch.« Zoe zieht ihren schwarzen Anorak an. »Ich hab sie schließlich reingelassen, weil du nicht da warst.«

»Ich hatte ein Problem mit Mike«, sagt Lilja.

»Schon wieder? Schieß ihn doch in den Wind, wenn er so ein Arsch ist.« Zoe zieht ihren Reißverschluss zu.

»Er ist kein Arsch, wir haben im Moment eben nur eine Krise.«

»Ist aber ein langer Moment«, knurrt Zoe und dreht sich zur Tür.

»Gehst du schon?«, fragt Katharina.

»Ich muss«, sagt Zoe. Sie zwinkert Katharina zu. »War ein echt gutes Frühstück.«

»Aber ziemlich kurz«, sagt Katharina. Das hört Zoe schon nicht mehr. Die Haustür fällt ins Schloss.

»Hast du auch Kaffee gekocht? Oder nur Tee?«, fragt Lilja.

»Bislang nur Tee.« Katharina springt auf. »Ich wusste nicht, was ihr . . .«

»Schon gut«, sagt Lilja. Sie holt einen kleinen Espresso-kocher aus dem Schrank, füllt ihn mit Wasser und Kaffeepulver und stellt ihn auf den Herd. »Ich brauch morgens einen Wachmacher«, sagt sie. »Oh Gott, war das eine Nacht!«

Noch eine, denkt Katharina. Während sie sich schlaflos auf der ungewohnten Matratze gewälzt hat, haben sich Zoe und Lilja offenbar bestens amüsiert.

Aber ganz so ist es dann doch nicht.

»Ich hab mich mit meinem Freund gezofft«, erklärt Lilja.

»Tut mir leid«, murmelt Katharina mitleidig.

Der Espresso beginnt zu brodeln, Lilja nimmt ihn vom Herd. »Und wieder versöhnt.« Sie wirft Katharina ein strahlendes Lächeln zu und auf einmal fällt Katharina wieder auf, wie überirdisch schön Lilja ist. Die blauen Augen, die fein gezeichneten Brauen darüber, die Porzellanhaut. Der perfekt geschwungene Mund. Die blassen Fingernägel.

Plötzlich kann sie nicht mehr verstehen, wie sie vorhin darauf gekommen ist, Lilja mit einem Pinguin zu vergleichen. Eine Gazelle. Oder eine Antilope. Das würde es eher treffen.

Lilja setzt sich wieder. »Okay. Zu deinem Zettel. Tut mir wirklich leid, dass ich dich gestern einfach so abserviert hab. Das wollte ich nicht. Echt.« Sie schaut Katharina fast flehend an. »Vergibst du mir?«

»Klar«, sagt Katharina erleichtert. »Hab ich doch schon längst.«

Lilja strahlt sie mit einem warmen Lächeln im Gesicht an und mit einem Mal fühlt sich Katharina viel besser. Wer weiß? Vielleicht wird doch noch alles gut in der WG, denkt sie.

Sie hebt den Kopf. Auch sie lächelt jetzt.

»Okay, was willst du wissen?«, fragt Lilja und lehnt sich gemütlich zurück.

## 4. Kapitel

*Gestern haben wir uns richtig nett unterhalten. Sie hat Frühstück gemacht, das fand ich irgendwie süß von ihr. Überhaupt, sie sieht so rührend aus, wenn auch entsetzlich provinziell. Dieser Zopf! Und jedes Mal, wenn ich sie sehe, danke ich Gott für meine Figur.*

*Egal, ich war jedenfalls froh, mich irgendwie ablenken zu können, nach dem beschissenen Abend gestern. Wie Mike mich vor allen bloßgestellt hat – er hat gebrüllt, ich würde ihm nicht noch einmal den Abend verderben. Dabei hab ich es doch nicht gewollt. Aber ich hatte wirklich keinen Hunger, das muss er mir doch glauben!*

*Ich darf nicht daran denken. Gestern Abend war alles schön. Er hat nicht gebrüllt. Er ist einfach ein Schatz, wie er sich um mich kümmert. Ich habe es so gut.*

Katharinas erste Woche in Hamburg vergeht wie im Flug. So viel Neues stürzt auf sie ein, dass ihr nicht einmal Zeit zum Luftholen bleibt. Zoe und Lilja bekommt sie nur selten zu Gesicht, so beschäftigt ist sie, sich an der Uni zurechtzufinden.

Die Hamburger Uni gehört mit rund 40.000 Studenten zu einer der größten Universitäten Deutschlands. So viel hat Katharina im Internet nachgelesen. Was das aber wirklich bedeutet, das hätte sie sich nicht träumen lassen. All die Gebäude zu finden, den Stundenplan zusammenzustellen, Bücher in der Bibliothek auszuleihen, sich in die völlig überfüllten Kurse einzuschreiben – Katharina weiß bald nicht mehr, wo ihr der Kopf steht.

Zumal sie sich ganz alleine durchkämpfen muss. Bis jetzt hat sie noch niemanden so richtig kennengelernt. Nie hätte sie gedacht, dass es ihr einmal so schwerfallen könnte, Kontakte zu knüpfen. Von sich aus jemanden anzusprechen, traut sie sich nicht. In der Uni sind alle so viel älter als sie, die meisten schon weit über zwanzig. Gestern ist sie doch tatsächlich gefragt worden, ob sie sich verlaufen hätte – und dieser mitleidige Blick dazu! Katharina hat es so satt, das Küken zu sein.

Durchhalten, Katharina. Du schaffst das schon!

Wenn sie zu Hause bei ihren Eltern anruft, ertappt sie sich dabei, wie sie Geschichten erzählt. Von der Uni und den vielen neuen Leuten, die sie kennenlernt. Von der WG und den beiden netten Mitbewohnerinnen. Von dem Spaß, den sie haben.

Ihr Vater freut sich für sie, aber manchmal hat sie das Gefühl, dass ihre Mutter sie durchschaut. Dann ist da ein Zögern in ihrer Stimme zu hören, ein Fragezeichen. Aber sie spricht es nicht aus.

Katharina ist froh darüber. Das könnte sie nicht ertragen, nicht jetzt, gleich am Anfang – da hat sie das Gefühl, dass sie bei der kleinsten Nachfrage alles zugeben wird.

Das mit der WG und der Uni und dem Heimweh, das sie vor allem nachts überfällt.

Deswegen beißt sie lieber die Zähne zusammen. Wenn sie nur fest daran glaubt, dann wird alles gut, davon ist sie überzeugt. Sie muss positiv denken, den Trick von früher anwenden. Dann klappt es auch mit ihrem neuen Leben.

Und tatsächlich – als ob sie es geahnt hätte – kommt die Wende nur zwei Tage später. Katharina kann es kaum glauben, als sie eines Abends in die WG zurückkehrt und Lilja und Zoe in der Küche gemeinsam auf sie warten. Beide sitzen einträchtig am Tisch, ohne sich zu streiten. Sie haben sogar Tee gekocht! Das hat Katharina noch nie erlebt.

Und dann rückt Lilja mit ihrer Idee raus. Eine richtige Einstandsparty will sie für Katharina geben!

Kurz schießt Katharina durch den Kopf, woher der plötzliche Stimmungswandel kommt. Aber dann schiebt sie jedes Misstrauen energisch zur Seite. Jetzt kann sie endlich zeigen, was in ihr steckt, und wieder zu der Katharina werden, die sie von früher kennt!

Gemeinsam setzen sie sich an den Küchentisch, schmieden Pläne für die Party und stellen eine Gästeliste zusammen. Lilja diktiert und Katharina schreibt. Ihr Kopf glüht vor Freude.

So hat sie sich das WG-Leben vorgestellt. Das hier fühlt sich richtig an.

»Ich kann Bruschettas machen«, bietet sie sich an, als es zu der Verpflegung kommt. »Und vielleicht ein paar Salate.«

»Okay.« Lilja nickt ihr zu. »Dann kümmere ich mich um die Getränke.« Sie wendet sich an Zoe. »Bleibt nur noch die Frage, wie viel Geld wir zusammenwerfen.«

Zoe zündet sich eine Zigarette an. »Mehr als dreißig Euro sind bei mir nicht drin«, erklärt sie knapp.

Katharina rechnet kurz nach. »Ich kann, glaube ich, siebzig zahlen«, schlägt sie vor. Sie hat nur dreihundert Euro, um Monat für Monat über die Runden zu kommen. Die Miete haben ihre Eltern überwiesen und die Kosten für die Krankenversicherung und die Studiengebühren übernehmen sie auch.

Aber für den Rest, Essen, Monatskarte, Bücher etc. – dafür muss Katharina alleine aufkommen. Sie hat noch keine Ahnung, ob sie das hinkriegt. Falls es gar nicht geht, will sie sich einen Job besorgen.

Lilja geht nicht auf Katharinas Angebot ein. Stattdessen starrt sie Zoe an. »Dreißig Euro?«, fragt sie. »Das ist doch wohl nicht dein Ernst!« Sie schüttelt den Kopf, dass ihre Ohrringe wild hin- und herschaukeln. »Wenn ich und Katharina jeweils siebzig geben, kommen wir nie im Leben hin!«

»Was heißt nie im Leben?« Zoe beugt sich vor. »Wie wäre es, wenn sich deine Schickimicki-Freunde ausnahmsweise mal mit einer normalen Studentenparty begnügen, statt Pizza für vierzig Leute auf unsere Kosten zu bestellen?« Gereizt schnippt sie die Asche ab. »Überhaupt, diese WG-Partys waren bis jetzt immer so was von bescheuert! Ich habe eigentlich gar keine Lust mitzufeiern.«

Eine kleine Zornesfalte erscheint auf Liljas makellosem Gesicht. »Das sagst du ja nur, weil ich das letzte Mal deine blöden Bandmitglieder rausgeworfen habe!«, erwidert sie heftig. »Drogen sind bei mir nicht drin.«

»Ach nein?«, spottet Zoe. »Davon sind Designer-Drogen wohl ausgenommen, richtig?«

Katharina schaut von einer zur anderen. Sie kann es nicht fassen. Eben war alles noch so schön. Und plötzlich ist wieder mal der schlimmste Zickenkrieg ausgebrochen.

Katharina hat schon ein paarmal mitbekommen, wie sich ihre beiden Mitbewohnerinnen gestritten haben. Geld scheint ein leidiges Thema zwischen ihnen zu sein. Erst vorgestern hat Zoe sich beschwert, dass Lilja höchstens dreimal in zwei Jahren den Kühlschrank aufgefüllt habe. Und dass sie viel zu viel Geld fürs Telefonieren verlange, weil es eigentlich nur Lilja sei, die ständig am Telefon hängt.

Und auch heute kommen sie wieder auf das Thema.

»Ich zahl schließlich den Strom, das Wasser, die gesamten Nebenkosten!«, schreit Lilja jetzt. »Ihr steht morgens eine halbe Stunde unter der heißen Dusche. Wisst ihr, was das kostet?«

»Und wer benutzt immer mein Shampoo?« Zoes Stimme klettert immer weiter in die Höhe.

»Mädels! Müsst ihr immer so streiten?« Katharina versucht, sich ihre Enttäuschung nicht anmerken zu lassen. Niemand spricht mehr von der Party. Doch ihre Mitbewohnerinnen ignorieren sie. Als ob sie unsichtbar wäre.

»Und meine Zahncreme?«, brüllt Zoe, die jetzt richtig in Rage geraten ist. »Wann hast du das letzte Mal Klopapier und Putzmittel eingekauft? Oder bist du dir für solche Einkäufe zu fein?«

Am liebsten würde Katharina sich die Ohren zuhalten. Aber das wäre kindisch.

Genauso kindisch wie das alles hier.

Katharina weiß inzwischen, dass Lilja dreimal so viel Geld zur Verfügung hat wie Zoe. Genau dreimal so viel.

»Und wenn es trotzdem am Monatsende nicht reicht«, hat Zoe Katharina erzählt, »dann genügt ein Telefongespräch mit ihrem Papi und drei Tage später ist frische Kohle auf dem Konto. Schlaraffenland! Lilja ist knallhart, wenn sie mit ihrem Vater verhandelt. Eiskalt. Das ist schon fast unheimlich. Die ganze Familie ist irgendwie komisch.«

Katharina hat Liljas Eltern noch nicht kennengelernt, nur einmal hat sie bisher mit der Mutter telefoniert, da hat sie Lilja verleugnen müssen. Die Eltern leben im Ruhrgebiet, und wenn sie nach Hamburg kommen, wohnen sie in einem feudalen Hotel und gehen mit Lilja fein essen. Auch das hat Zoe ihr erzählt.

»Kommen sie nie in die Wohnung?«, hat Katharina gefragt.

»Ich hab's noch nicht erlebt«, hat Zoe gesagt.

»Aber wieso denn nicht?«

»Ich glaube, Lilja will das nicht. Keine Ahnung, wieso.«

Zoe und Lilja sind inzwischen dabei angekommen, wer wie lange das Bad benutzen darf.

Und jetzt hat Katharina endgültig genug. Sie knallt ihren Stift, mit dem sie die Gästeliste notiert hat, auf den Tisch und steht auf.

»Merkt ihr beiden es eigentlich noch?«, fragt sie mit gepresster Stimme. »Könnt ihr nicht ein Mal vernünftig miteinander reden? Das ist echt das Letzte! So kann man doch nicht zusammenleben!« Sie fühlt sich, als müsse sie auch gleich schreien oder noch eher in Tränen ausbrechen – oder beides zusammen.

Einen Moment lang herrscht Stille in der Küche.

Zoe drückt ihre Zigarette aus. Dann wirft sie Katharina einen langen Blick zu.

»Na gut, von mir aus«, sagt sie mürrisch und zuckt die Achseln. Sie schaut Lilja nicht an. »Fünfzig Euro.« Seufzend steht sie auf. »Aber nur für unsere Kleine hier. Die hat es sich nämlich mehr als verdient. Leicht machen wir es ihr nicht gerade.«

Katharina spürt, wie ihr Herz schneller schlägt. Dankbar sieht sie Zoe an. Sie möchte etwas erwidern, doch Zoe ist schon in ihrem Zimmer verschwunden. Gleich darauf dröhnen die Bässe.

Lilja kümmert sich gar nicht um Zoes letzte Worte. Katharina ist nicht sicher, ob sie überhaupt zugehört hat.

Sie lächelt Katharina an, es ist schierer Triumph, der aus ihrem Blick spricht. Ihre Ohrringe glitzern mit ihren strahlenden Augen um die Wette.

Sie hat gewonnen. Und sie sieht aus, als sei das für sie ganz selbstverständlich.

Einen Tag vor der Party schmückt Zoe die Wohnung. Sie hat einen verrückten Geschmack; sie zieht Leinen unter der Decke quer durch alle Zimmer, an die sie Töpfe und Körbe hängt, aus denen die Gäste sich mit Pappbechern, Chips und Süßigkeiten bedienen können. So steht nie was auf dem Boden rum, meint sie, und man hat mehr Platz zum Tanzen.

In einer Billigdrogerie hat sie zwei Maxipakete Teelichter erstanden und die werden jetzt in Pergamenttüten gestellt und beleuchten die Stufen im Treppenhaus.

Katharina hilft ihr bei den Vorbereitungen. Lilja ist nicht da, angeblich will sie mit ihrem Freund Mike ein Fass Bier kaufen, dabei stapeln sich die Flaschen schon im Kühlschrank.

»Zoe«, beginnt Katharina schüchtern. Sie kommt sich nutzlos vor, beim Dekorieren hatte sie schon immer zwei linke Hände. »Ich hab mich noch nicht bedankt bei dir. Dass du das alles mitmachst – für mich –, ich meine, wo du doch gesagt hast, dass du WG-Partys blöd findest.«

Zoe schaut von der Leiter zu ihr runter. Sie hängt gerade Lampions auf. »Nicht der Rede wert«, sagt sie. »Versprich mir einfach nur eins: Lass dich nicht von Lilja unterkriegen, ja?«

»Was meinst du damit?«, fragt Katharina. »Lilja ist doch auf die Idee mit der Party für mich gekommen. Find ich klasse von ihr, hab ich ihr auch gesagt.«

Zoe zuckt nur mit den Achseln. »Ach, egal. Vergiss es. Ich will einfach nicht, dass du unter die Räder kommst.«

Katharina schüttelt verwirrt den Kopf. »Ich kann schon auf mich aufpassen«, versichert sie.

Zoe grinst. »Das bezweifle ich«, erwidert sie. »Leute, die James Blunt gut finden, können selten auf sich aufpassen.«

Katharina stemmt die Hände in die Hüften. »Hey – das ist gemein«, sagt sie, aber sie muss lachen.

»Wart einfach die Party ab, mit mir als DJ . . .«, sagt Zoe gutmütig. »Vielleicht bringe ich dich noch auf den Geschmack.«

Katharina bezweifelt das insgeheim, aber sie ist froh, dass sie und Zoe sich so gut verstehen. Das Eis vom Anfang ist zumindest ein bisschen gebrochen.

Schnell geht sie in die Küche, um die restlichen Salate vorzubereiten. Die Kisten mit dem Wein stehen in einer Ecke.

Liljas Vater, der eine Spedition besitzt, hat drei Kisten vorbeibringen lassen. Einfach mal so: zwölf Flaschen Riesling, zwölf Flaschen Chardonnay und zwölf Flaschen Pinot Grigio. Sechsunddreißig Flaschen für rund dreißig Leute! Und dann noch das ganze Bier im Kühlschrank.

Katharina wird etwas mulmig zumute, wenn sie an den vielen Alkohol denkt. Das fehlt noch, dass ihr irgendwelche betrunkenen Typen ins Zimmer kotzen. Aber sie sagt nichts, sie will nicht, dass Zoe und Lilja denken, sie wäre spießig.

Du wirst dich mit betrunkenen Typen wohl oder übel abfinden müssen, meine Liebe, denkt sie und muss plötzlich kichern.

Gehört eben alles dazu.


Die Gäste sind für neun Uhr eingeladen und um halb zehn ist die Bude rappelvoll. Die Mäntel und Jacken hängen draußen über dem Treppengeländer, auch die Rucksäcke und Jutetaschen, einer hat sein Fahrrad bis nach oben geschleppt und es im Treppenhaus angeschlossen. Die Nachbarn wissen Bescheid. Lilja hat Zettel an alle Wohnungstüren geklebt, die Katharina richtig nett fand.

»Liebe Nachbarn,

heute Abend kann es etwas lauter werden, wir machen eine Party. Und wenn ihr nicht schlafen könnt, dann feiert einfach mit uns mit!«

Katharina steht in der Küche und toastet Baguettescheiben für die Bruschettas. Das ist ihr Superrezept für Partys. Sie hat es von ihrer Schulfreundin Susanne, deren Vater in einem italienischen Restaurant arbeitet. Kleine Tomatenwürfel, schön scharf gewürzt, auf warmem Knobibrot, mit frischem Basilikum. Es geht so schnell weg, dass sie mit dem Nachschub kaum nachkommt. Alle finden die Bruschettas toll. Katharina hat ein heißes Gesicht, sie freut sich. Bisher läuft alles wunderbar.

Liljas Freunde sind in der Überzahl, sie haben sie richtig nett begrüßt, manche haben sogar ein Geschenk mitgebracht, das findet Katharina besonders süß. Die vielen Namen schwirren durch ihren Kopf. Der coole Andie mit dem roten Schal, ein Boris, den sie alle Bo-Bo nennen, Tilman mit der intellektuellen Brille, eine Julia, eine unglaublich kreischige Henriette, Emmanuelle mit dem charmanten französischen Akzent und Charlie, der seinen Hund mitgebracht hat, einen Golden Retriever, der sich in die hinterste Ecke verkrümelt hat und von dort mit großen Samtaugen das Geschehen beobachtet. Und aufpasst, dass niemand aus Versehen auf ihn tritt.

Die Küche ist voller Leute. Katharina ist die Einzige, die arbeitet. Tomaten pellen, würfeln, Basilikum hacken.

Aufpassen, dass das Baguette nicht im Ofen verkokelt. Unglaublich, wie viel die Leute von dem Zeug verdrücken können, inzwischen sind mehr als fünfzig Personen in der Wohnung, offensichtlich hat sich die Feier herumgesprochen. Katharina muss kurz an Justus denken und dass sie es eigentlich super fände, wenn er jetzt hier wäre. Dann könnte er sehen, wie toll das Leben in Hamburg ist. Wie gut es ihr geht.

Da greift jemand von hinten über ihre Schulter nach einer Bruschetta, die sie gerade erst belegen will. Die Toastscheibe wandert an ihrem Gesicht vorbei. Katharina versucht, sie festzuhalten, da ist sie schon verschwunden.

»Hey!«, ruft sie. »Das war noch nicht fertig!«

Sie dreht sich um. Da steht ein Typ, ein baumlanger Kerl, fast einen Kopf größer als sie, und kaut mit Behagen. Er strahlt, seine grünen Augen funkeln. »Lecker!«, sagt er. »Da gehören noch mehr Tomaten drauf!«

»Schmeckt auch so schon genial. Hast du kochen gelernt oder so?«

»Kochen? Die Tomaten sind doch roh. Und das Brot ist gekauft. Das kannst du auch.«

Der Lange schüttelt lachend den Kopf. »Ich hab zwei linke Hände, ich kann bloß mit dem Kopf arbeiten.« Er streckt ihr die flache Hand hin. »Kann ich noch einen haben, bevor sich andere darüber hermachen?«

»Wenn du brav Bitte sagst«, erwidert Katharina fröhlich.

»Bitte!« Ein treuseliger Blick aus den großen grünen Augen.

»Ich hab hier schon viele Partys erlebt«, sagt der Lange, als auch die nächste Bruschetta verschwunden ist, »aber das ist das erste Mal, dass ich etwas Selbstgemachtes zu essen kriege. Ich dachte schon, ich hätte mich in der Hausnummer geirrt.«

Katharina lacht. Der Lange gefällt ihr.

Auch, wie er sie anschaut, als er feststellt: »Das ist bestimmt dein segensreicher Einfluss.«

Katharina wird vor Verlegenheit fast rot. »Na ja«, sagt sie, »von Alkohol werde ich immer hungrig. Und ich kann ja schlecht nur für mich was zu essen machen. Aber Lilja – die kann das glaube ich nicht verstehen. Sie isst ja auch sonst fast nichts.« Katharina deutet auf den Kühlschrank. »Als ich hier eingezogen bin, war der komplett leer. Bis auf ein halbes Glas Senf und zwei Becher Joghurt.«

Sein Gesicht verzieht sich. »Tja, wer schön sein will, muss leiden, behauptet sie immer.«

»Dann will ich lieber nicht schön sein«, sagt Katharina spontan. »Ich hab nämlich keine Lust zu leiden.«

»Sehr vernünftig.« Der Lange schaut sie an, legt den Kopf ein bisschen schräg. »Du siehst überhaupt aus wie jemand, der lauter vernünftige Sachen in seinem Kopf spazieren trägt. Ich dachte, solche Frauen gibt es gar nicht mehr.«

Er hat sich nicht vorgestellt, er verhält sich, als müsse Katharina wissen, wer er ist. Er hat etwas Selbstbewusstes, Unbekümmertes, das Katharina gut gefällt, seine Klamotten sind edel, aber nicht auffällig. Seine Jeans sind zwar abgetragen, aber eindeutig teuer und er trägt als Einziger auf der Party Lederschuhe, braune Mokassins, die glänzen.

Katharina hat inzwischen eine neue Platte mit Bruschettas gefüllt. Er streckt seinen Arm aus und nimmt ihr den Teller ab.

»Das reicht fürs Erste«, sagt er fröhlich. »Danke!« Er beugt sich vor und gibt Katharina einen Kuss. Der landet, weil sie eine dumme Bewegung macht, irgendwo zwischen den Augenbrauen und ihrem Haaransatz, aber sie schließt trotzdem ganz kurz die Augen.

Als sie sie wieder öffnet, ist der Junge auf dem Weg in den Flur. Die Platte balanciert er hoch über dem Kopf.

Er winkt ihr zum Abschied zu.

Katharina spürt, wie ihr Kopf vor Aufregung glüht, aber sie ist irgendwie stolz auf sich. Mehr noch: Sie fühlt sich sauwohl.

Hat sie vor ein paar Minuten wirklich an Justus gedacht?

Ihr erster Kuss in Hamburg! Na, wenn diese Party nicht gut läuft, dann weiß sie auch nicht.

Eine Stunde später trifft Katharina wieder auf den langen Kerl. Sie macht eine Pause in der Küche, obwohl die Meute noch immer nach Nachschub brüllt. Sogar die Salatschüsseln sind fast alle leer.

Langsam schlendert sie durch die Zimmer, doch niemand achtet auf sie. Sie sieht Henriette, die ihr kurz zuwinkt, ehe sie sich wieder Bo-Bo zuwendet, der ihr über das Haar streicht. Zoe hockt mit ein paar Freunden vor der Anlage, sie kramen CDs aus dem Regal und suchen in ihren iPods nach den passenden Stücken.

Katharina kann sich vorstellen, was die sagen, wenn sie sich dazustellt. Ach, der James-Blunt-Fan. Die Schmusemusik für Babys. Nein, lieber nicht.

Schnell geht sie weiter in ihr Zimmer. Und dort steht der Lange, mit einem Weinglas in der Hand.

Er hebt den Kopf, strahlt sie an, als habe er bereits auf sie gewartet. Katharina verschlägt es die Sprache. Um ihre Verlegenheit zu überspielen, greift sie zum Aschenbecher, der auf ihrem Schreibtisch steht und überquillt.

»Sind das deine Fotos?«, fragt der Lange neugierig. Er betrachtet die Pinnwand über dem Schreibtisch.

Katharina nickt. Sie hat Fotos ihrer Eltern, ihrer Freunde, des ganzen Abijahrgangs und ein paar Erinnerungsstücke an die Wand gehängt. Es soll ihr eine Art Heimatgefühl geben.

Sie hat sogar zwei Postkarten von ihrem Dorf angepinnt. Die Dorfkirche mit den alten Kastanien und ein Gaudifoto von einem Urbayern, der Grimassen schneidet.

Als sie sieht, wie der Lange gerade diese Karte mustert, ist es ihr peinlich. Schnell geht sie zur Pinnwand und reißt das Bild herunter.

»Was ist?« Der Lange lacht. »Warum nimmst du das weg?«

»Das ist Kinderkram«, sagt Katharina.

»Find ich nicht. Ist doch lustig.«

»Also gut.« Katharina pinnt die Karte wieder an die alte Stelle.

»Du hast gar nichts zu trinken.« Der Junge sieht sie an und reicht ihr dann sein Weinglas. Katharina zögert. Sie hat sich eigentlich vorgenommen, sich mit dem Alkohol zurückzuhalten. Von Wein wird sie immer schrecklich müde und außerdem schmeckt er ihr nicht richtig.

Auf der anderen Seite möchte sie den Abend genießen – genauso entspannt sein wie alle anderen, nicht verkrampft oder verlegen wirken. Entschlossen greift sie zu.

»Auf eine gute Zeit in Hamburg«, sagt er.

»Auf Hamburg!« Katharina lacht und trinkt einen kleinen Schluck. »Ich hol mir lieber mein eigenes Glas«, sagt sie gleich darauf. »Ich hab's irgendwohin gestellt . . .« Sie will sich umdrehen und weggehen, aber der Lange hält sie fest.

»Du tust ja gerade so, als ob ich giftig wäre.«

»Vielleicht bin ich ja die Giftspritze von uns beiden?«, erwidert sie schlagfertig – und muss plötzlich lächeln, weil sie dabei an Lilja denkt.

»Du? Also, da fällt mir auf Anhieb eine Menge Leute ein, aber du . . .« Er schaut sie an. Für eine Sekunde treffen sich ihre Blicke.

Katharina spürt, wie sie rot wird. Der Lange berührt ihren Arm. Katharina merkt, dass ihre feinen Härchen sich sofort aufrichten. Peinlich. Sie hofft, dass er das nicht merkt.

»Tanzt du auch?«, fragt der Lange. »Oder bist du nur Liljas Küchensklave?« Er lacht, aber Katharina wendet den Kopf ab, auch wenn es als Scherz gemeint ist.

»Hey«, sagt der Lange sanft, »schnapp jetzt nicht ein. Das war nur eine kleine Warnung. Lilja ist so, weißt du, ihre Eltern haben aus ihr eine Prinzessin gemacht. Das haftet an ihr. Lass dich nicht ausbeuten.«

Katharina zuckt zusammen. So etwas Ähnliches hat Zoe gestern auch gesagt. Warum glaubt hier jeder, ihr einen guten Rat geben zu müssen? Sieht sie etwa so hilflos aus? Aus den Augenwinkeln mustert sie den Langen. Er hat ein sanftes, fast zärtliches Lächeln, er wirkt so sicher, so souverän. Als habe er jede Situation im Griff, ganz im Gegensatz zu ihr. Mit einem Mal kommt sie sich um Lichtjahre jünger vor, statt der drei, die es vielleicht in Wirklichkeit sind.

»Tanzen?«, fragt der Lange.

Katharina schüttelt hastig den Kopf. »Nachher vielleicht mal. Im Augenblick lieber nicht.« Sie schnappt den blöden Aschenbecher und flüchtet geradezu aus ihrem Zimmer, sie spürt seine Augen noch in ihrem Rücken, zwei kleine Brennpunkte. Das Bad ist nicht besetzt, sie stürzt hinein, schließt ab und stützt sich auf das Waschbecken. Sie betrachtet ihr Gesicht im Spiegel.

Große kindliche Augen, Sommersprossen, Babyspeck in den Wangen.

Wem machst du hier eigentlich etwas vor, Katharina, stöhnt sie leise.


Katharina entkorkt Weinflaschen, räumt Teller weg und ist immer unheimlich beschäftigt. Sie hat sich auf diese Taktik verlegt, um möglichst nicht noch einmal in so eine Situation zu geraten, und bis jetzt klappt es ganz gut.

Sie lächelt mal hierhin und mal dorthin, mit Henriette redet sie über das »Hamburger Schietwetter«, mit Charlie über den letzten Studentenstreik, den er mit organisiert hat, Jörg will sie dazu bringen, in den Ruderklub einzutreten und Boris fragt, wo es Nachschub an Klopapier gibt.

Zoe hockt inzwischen mit ihren Leuten auf dem Ausziehsofa in ihrem Zimmer und schickt Qualmringe in die Luft. Und ab und zu bekommt Katharina auch einen Zipfel von Lilja zu sehen.

Lilja trägt an diesem Abend ein goldfarbenes Kleid mit gerafftem Ausschnitt und darunter einen Push-up-BH. Damit es nach mehr aussieht. In dem ärmellosen Kleid sieht sie nicht mehr schlank, sondern fast mager aus. Die Schulterknochen. Die Ellenbogen. So zerbrechlich. Aber eine Pfirsichhaut. Und perfekt geschminkt, wie ein Model.

»Du bist ja vielleicht dünn!«, hat Katharina gesagt.

Aber Lilja hat gelacht. »Dünn? Ich bin fett!« Sie hat auf ihre Hüften gezeigt. »Hier muss noch unheimlich viel runter!«

Katharina stellt die letzte Salatschüssel in die Geschirrspülmaschine, dann schnappt sie sich einen Teller, lädt die letzten Buletten drauf und bahnt sich einen Weg durch das Gedränge, auf der Suche nach Lilja.

Die Musik ist von Stunde zu Stunde lauter und hämmernder geworden.

»Jetzt lässt sie die Sau raus«, sagt Bo-Bo grinsend, als er ihr im Vorübergehen eine Bulette vom Teller fischt. »Warte ab, das wird noch heftig heute Nacht.«

Katharina entdeckt Lilja in ihrem Zimmer. Liljas Zimmer ist ganz in Dunkelrot gehalten, alle Farben haben etwas Bengalisch-Tropisches. Lilja sitzt auf dem Fensterbrett, sie hat ihren Rock ganz hochgeschoben, damit sie die Beine um die Taille des Typen schlingen kann, der sich an sie drängt. Ihre Arme hat sie um seinen Hals gelegt. Die beiden küssen sich und merken nicht, was um sie herum vorgeht. Jetzt schiebt der Junge eine Hand unter Liljas Rock.

Katharina spürt, wie sie rot wird. Sie dreht sich um und will gerade den Raum verlassen, als Lilja sie ruft. »Katharina!«

Sie bleibt stehen.

»Hast du Mike eigentlich schon kennengelernt?«

Jetzt erst sieht Katharina die glänzenden Lederschuhe, die abgetragene Jeans.

Es ist der Lange.

Der Typ, der sie in der Küche geküsst hat, ist Liljas Freund!

Oh Gott, denkt Katharina und das Blut steigt ihr in den Kopf. Und ich war auf dem besten Weg, mich in den Kerl zu verlieben!

Schnell die Reißleine ziehen.

Sie räuspert sich, nickt, geht auf die beiden zu und hält Lilja den Teller mit den Buletten hin.

»Ich dachte, du hast bestimmt noch nichts gegessen.«

»Siehst du?« Lilja schmiegt sich an Mikes Brust. »So ist sie zu mir, wie eine Mutter.« Sie kichert, fingert an Mikes Hemdknöpfen herum.

Katharina schaut Mike nicht an, irgendwie ist ihr alles unheimlich peinlich, aber es gibt keinen wirklichen Grund.

Es war ja nichts. Es ist ja nichts passiert.

Dieser Kuss, das war doch nur Spaß. Dabei hat er sich gar nichts gedacht.

»Wir kennen uns«, sagt Mike fröhlich. »Wir sind uns schon vor Stunden in der Küche begegnet. Katharina macht preiswürdige Bruschettas. Die sind im *Milano* nicht besser.«

»Und außerdem putzt sie die Küche jeden Tag«, sagt Lilja. »Sie ist richtig nützlich.«

»Also ein Glücksfall«, sagt Mike.

Da schaut er Katharina an. Sie sieht, dass sein Blick prüfend auf sie gerichtet ist, in dem roten Licht wirken seine Augen grau, das Grüne ist weg, aber sie sind immer noch schön. Er lächelt.

Katharina hat immer noch diesen dämlichen Teller mit den Buletten in der Hand. Sie stellt ihn auf das Fensterbrett, neben Lilja.

Lilja schaut nicht einmal hin. Katharina ist sich sicher,

dass sie die Buletten nicht anrühren wird. Stattdessen knöpft sie bedächtig Mikes Hemd auf.

Mike hält Liljas Handgelenke umklammert. Sanft zieht er ihre Hände von sich weg. Er lässt Katharina nicht aus den Augen.

»Wie findest du die Musik?«, fragt er.

Katharina hat auf die Musik nicht geachtet, aber jetzt hört sie die rhythmischen Bässe und den Sänger – es gefällt ihr.

»Ganz schön«, sagt sie und hofft, dass er sie nicht fragt, welche Band das wohl ist, sie hat nämlich keine Ahnung.

»Okay«, sagt er, »dann tanzen wir. Wenn du willst.«

Er macht sich von Lilja los und deutet auf den Teller.

»Vergiss nicht zu essen«, sagt er, fasst Katharinas Ellenbogen und schiebt sie in den Flur, in Zoes Zimmer, in dem ein paar Paare tanzen.

Sie tanzen einen halben Meter voneinander entfernt. Katharina bemüht sich, Mike nicht zu berühren. Sie schlenkert mit den Armen, den Beinen, macht eine ganze Drehung, eine halbe, wiegt sich in den Hüften, immer ganz nah an Mike vorbei. Sie schauen sich nicht an.

Aber irgendwie schafft Mike es plötzlich, seine Hände auf ihre Hüften zu legen und sie näher an sich heranzuziehen. Da bricht die Musik ab.

»Schade«, sagt Mike.

Katharina lächelt, die Augen auf den Boden gerichtet, ihr Kopf schwirrt, vielleicht hat sie doch zu viel getrunken.

Ein neues Stück beginnt, ein langsames Stück. Ein Schmusestück.

»Doch nicht schade«, murmelt Mike, sie tanzen jetzt enger.

Katharinas Kopf an seiner Schulter. Mike erzählt etwas, aber Katharina versteht ihn nicht, die Musik ist zu laut.

Als sie an der Tür vorbeitanzen, ist Lilja da, sie lehnt an der Wand, sie raucht, sie schaut unentwegt Katharina an. Schaut auf Mikes Hände, die auf Katharinas Hüften liegen.

Katharina lächelt verlegen, so als wolle sie sagen, tut mir leid, aber das war Mikes Idee.

Lilja schaut den beiden nach. Jetzt sind sie an der gegenüberliegenden Seite des Raumes, Katharina sieht, wie Lilja ihre Zigarette ausdrückt, wie sie durch den Raum auf die beiden zukommt.

Katharina wird ganz steif, sie schiebt Mikes Hände weg. Seine Hände fühlen sich glühend heiß auf ihrem Körper an.

»Ich finde, jetzt reicht's«, sagt Lilja und drängt sich zwischen Mike und Katharina.

Sie schlingt ihre Arme um Mikes Hals und zieht seinen Kopf zu sich herunter. Ihre Lippen suchen seinen Mund,

und als sie ihn gefunden hat, schließt sie die Augen und drängt sich noch dichter an ihn.

Mike aber hat die Augen nicht geschlossen, er blickt über die Köpfe der anderen hinweg zu Katharina, die sich rückwärts entfernt. Er schaut sie an, als wolle er ihr etwas sagen, ein Signal geben. Einmal hat sie das Gefühl, dass er Lilja kurz loslässt und eine Handbewegung macht, aber vielleicht irrt sie sich auch, sie ist so aufgeregt, so kennt sie sich gar nicht und die ganzen Menschen, der Rauch, der Lärm und Zoe, die eine Luftnummer aufführt, ein Schlagzeugsolo, und es so weit treibt, dass sie fast in Trance gerät.

Aber da sind immer noch Mikes Augen. Und in den Augen eine Botschaft, die sie nicht entziffern kann.

Es gibt Augenblicke, in denen Katharina sich verflucht, ihr Schicksal verflucht, dass sie immer die Jüngste ist, immer die Kleinste. Die am wenigsten Erfahrung hat, die am wenigsten über das Leben weiß, vor allem über Jungs.

Das ist so ungerecht. Normalerweise hätte sie jetzt gerade die elfte Klasse hinter sich gebracht. Sie würde am nächsten Morgen in die Schule gehen und Justus wäre da und hätte ihr keinen Abschiedsbrief geschrieben.

Sie dreht sich um und geht langsam zurück in die Küche. Sie hat eindeutig zu viel Wein getrunken.

Mike verfolgt sie auch noch im Traum, als sie endlich wieder ihr Zimmer für sich hat, ihre Matratze für sich, das Fenster offen ist und die feuchte frische Luft hereinströmt.

Sie träumt, dass sie in einem Aquarium umherschwimmt, sie hat einen Schnorchel auf und eine Taucherbrille und kleine Luftblasen steigen durch den Schnorchel an die Oberfläche. An einer Glaswand steht Mike. Er hat beide Hände flach gegen das Glas gelegt und redet mit ihr. Er sagt etwas, es ist wichtig, das spürt sie, aber sie kann ihn nicht hören, unter Wasser ist alles ganz still. Sie schwimmt ganz nah an die Glaswand heran, er redet immer noch.

Aber sie versteht nichts, nichts.

Als sie aufwacht, hat sie dröhnende Kopfschmerzen.

## 5. Kapitel

Die Wohnung sieht aus wie ein Schlachtfeld. Nichts ist an seinem Platz, alles ist zugemüllt und verdreckt. Unfassbar, denkt Katharina, die mit einer Schachtel Aspirin durch die Wohnung tapert, wie man an einem einzigen Abend so viel Müll produzieren kann. Asche liegt überall verstreut, bei jedem Windzug erheben sich kleine Ascheflöckchen, segeln durch den Raum und lassen sich irgendwo anders wieder nieder. Es riecht nach schalem Bier und zertretenen Paprikachips. Die Chips knacken unter ihren bloßen Füßen.

Zoes Tür ist verschlossen. Katharina will einen vorsichtigen Blick in Liljas Zimmer werfen, aber die Tür ist abgeschlossen.

Auch gut, denkt Katharina. Dann muss ich auf niemanden Rücksicht nehmen.

Erst mal ein Glas Wasser, zwei Aspirin, danach sehe ich bestimmt klarer. Und das Dröhnen in meinem Kopf hört endlich auf.

Sie öffnet die Küchentür. Das Fenster steht sperrangelweit offen und die Sonne lässt das Chaos in einem ungewohnt gleißenden Licht erstrahlen. Leere Bierflaschen kullern über die Steinfliesen in der Küche, Pappbecher rollen herum, eine Katze hockt auf dem Tisch, über den Resten der Buletten. Eine schwarz-weiß gefleckte Katze, die sofort das Weite sucht, als Katharina einen Schreckensschrei ausstößt. Sie flüchtet mit einem Satz durch das offene Fenster und verschwindet über die Feuertreppe.

Katharina will ihr nachschauen, will sie rufen, aber die Katze lässt sich nicht mehr blicken.

Katharina füllt ein Glas mit Leitungswasser, schluckt die Tabletten und stellt sich an das offene Fenster.

Sie überlegt, wie es wäre, eine Katze zu haben, ein weiches, warmes, lebendiges Ding, das sich abends am Fußende des Bettes zusammenrollt, das einem um die Beine streicht und leise maunzt, zärtlich und anschmiegsam.

Ich möchte eine Katze, denkt Katharina, als sie ins Bad geht.

Ich möchte eine süße kleine schmusige Katze.

Sie putzt das Bad, bevor sie sich unter die Dusche stellt.

Das warme Wasser läuft über ihr Haar, ihr Gesicht, den Hals, die Schultern, den Busen. Sie beugt sich vor und lässt das Wasser über den Rücken laufen, sie lässt sich berieseln. Die Augen hat sie geschlossen, das weiche, warme Wasser hüllt sie ein und bald steht das ganze Bad unter Dampf. Blind greift Katharina nach dem Handtuch, rubbelt ihre Haare trocken, dreht das Tuch zu einem Turban und tritt aus der Duschkabine.

Da erst sieht sie, dass sie nicht alleine ist.

Mike steht am Waschbecken. Er hält seinen Kopf unter den Wasserhahn.

Erschrocken reißt Katharina das Handtuch vom Kopf und wickelt sich darin ein.

Mike dreht den Wasserhahn zu, richtet sich auf und schüttelt das Wasser aus den Haaren. Er erblickt Katharina im Spiegel und verzieht sein Gesicht zu einem Lächeln. »Mann, ist mir schlecht«, stöhnt er. »Ich trink nie wieder Alkohol.«

Mike trägt nur Boxershorts, und zwar hellblau-weiß kariert. Er hat einen sehr schmalen und glatten Körper.

Katharina muss sich zwingen, ihn nicht so offensichtlich anzustarren. Mit beiden Händen umklammert sie ihr Handtuch, damit es nicht verrutscht.

Mike ist Liljas Freund. Nicht vergessen!

Und vor allen Dingen braucht sie sich nicht so kindisch

zu benehmen. Ist doch nichts dabei, wenn man sich halb nackt im Bad begegnet, oder? Sie lebt schließlich in einer WG!

Katharina kann sich nicht erinnern, jemals in ihrem bisherigen Leben mit einem männlichen Wesen zusammen im Bad gewesen zu sein. Ihr Vater hat immer sofort einen Rückzieher gemacht, wenn er sie im Bad überrascht hat, und ebenso hat es Katharina gemacht.

Mit Justus, das war etwas anderes, draußen am See. Sie waren schließlich ein Liebespaar. Mit Justus war alles aufregend, geheimnisvoll und neu, aber so ist eben die Liebe.

Das kleine Handtuch, das Katharina fest umklammert hält, bedeckt nur einen winzigen Teil ihres Körpers. Am liebsten würde sie an Mike vorbei aus dem Bad flüchten, in ihr Zimmer, aber dann würde er sie von hinten sehen, vollkommen nackt.

Sie hat nicht einmal den Mut, sich so eine Szene vorzustellen. Deshalb bleibt sie wie versteinert vor der Dusche stehen.

»Ich hätte besser zu Hause schlafen sollen.« Mike greift wahllos nach einem Handtuch und rubbelt sein Gesicht ab. »Die ganze Wohnung ist ja komplett versifft. Überall stinkt es wie in einer Hafenkneipe. Kein Wunder, dass einem schlecht wird.«

»Ich kann dir ein Aspirin geben«, sagt Katharina. »Ich hab auch eins genommen.«

»Oh, super.«

Katharina nutzt die Sekunde, in der Mike sich umdreht, um nach einem größeren Handtuch zu fassen und sich darin einzuwickeln.

»Ich habe die Tabletten in meinem Zimmer«, sagt Katharina.

»Okay. Ich komme gleich.«

Katharina huscht aus dem Bad, das Handtuch fest über der Brust verknotet. Sie geht in die Küche, spült ein Wasserglas aus (es gibt keine Reserve mehr im Schrank), füllt es mit Wasser und kehrt in ihr Zimmer zurück. Dort nimmt sie die Aspirin-Schachtel aus der Schublade.

Mike wartet schon, er streckt gierig die Hand nach dem Glas aus. Katharina legt die Tablette in seine Handfläche.

»Du bist ein Engel«, sagt Mike. Seine Augen sind wieder klarer, das Haar ist frisch gekämmt und seine Lippen, die eben noch richtig weiß und blutleer aussahen, haben schon wieder Farbe bekommen.

»Geht's?«, fragt Katharina.

Mike nickt. Er schluckt die Tablette und leert das Wasserglas in einem Zug. »Boah«, sagt er, sich wie ein Hund schüttelnd, »das war nötig.«

Er holt tief Luft und mustert Katharina.

»Ich hoffe, ich hab dich im Bad eben nicht erschreckt«, sagt er. »Ich hab dich zuerst überhaupt nicht erkannt. Ich dachte, hey, wer ist das denn? Wie kommt die hierher? Was hat die hier zu suchen? Mein nächster Gedanke war, meine Hirnmasse lieber unter einen kalten Wasserstrahl zu halten, bevor sie ganz zu Matsch wird.«

Katharina lächelt, sie hält das Handtuch fest, der Knoten macht Anstalten, sich zu lösen. Sie hat ihre Zehen eingerollt, wie früher, als kleines Mädchen, wenn ihr etwas peinlich war.

Mike scheint es überhaupt nicht unangenehm zu sein, in Boxershorts vor ihr zu stehen.

Er schaut sich in ihrem Zimmer um. »Was meinst du«, fragt er, »wie lange du brauchst, bis das hier wieder dein Zimmer ist?«

»Zwei Stunden«, sagt Katharina. »Vielleicht drei. Aber zuerst ist die Küche dran.«

»Mhmh«, macht Mike.

»Das ekelt mich, wie es da aussieht. Da kann ich nicht frühstücken.«

Bei dem Wort *Frühstück* blitzen Mikes Augen auf. »Frühstück?«, wiederholt er. »Gibt's hier so was?«

»Seit ich hier wohne, ja«, sagt Katharina.

»Lilja isst doch nie was.«

»Na ja, manchmal schon.«

»Was isst sie denn?«

Katharina überlegt, dann lacht sie. »Sie zerkrümelt ein Croissant.«

Mike grinst auch. »Ja, genau. So kenn ich das auch.« Er dreht sich um, späht in den Flur. »Die Mädels pennen noch«, sagt er, »dann kann ich ja ins Bad.«

»Klar«, sagt Katharina, »ich stör dich nicht mehr.«

»Du hast mich nicht gestört. Ich hab dich gestört. Ich hab ja gesehen, wie du vor Panik fast ohnmächtig geworden bist.«

Katharina wird rot, sie weiß nicht, was sie darauf erwidern soll. Schnell dreht sie ihren Kopf zur Seite und verstaut die Tablettenschachtel wieder in der Schublade.

»Okay, ich hau mich dann mal in die Badewanne«, sagt Mike. »Was ist, wollen wir danach gemeinsam frühstücken?«

»Klar«, sagt Katharina.


Mike ist im Bad. Das Rauschen der Wasserleitung ist wie eine Melodie. Katharina räumt auf, als ginge es um einen Eintrag ins Guiness-Buch der Rekorde.

Hauptsache, der Tisch ist erst mal frei und der Fußboden wieder begehbar.

Sie fegt, sie wischt, sie räumt, stapelt Teller in der Spüle, lässt das Besteck in einem Spaghettitopf mit kochendem Wasser einweichen.

Sie deckt für vier Personen.

Dann läuft sie los zum Supermarkt, kauft Butter, Milch, Marmelade, Honig, Brötchen, ein frisches Weißbrot. An der Fleischtheke lässt sie 150 Gramm Salami aufschneiden. Nach dem vielen Alkohol hat sie Lust auf etwas Deftiges.

Als sie zurückkommt, wartet Mike schon auf sie, sein Oberkörper ist immer noch nackt, aber er trägt wieder seine Jeans und die Lederschuhe, nur dass die Schuhe nicht mehr so glänzen und auf der Jeans ein kleiner Fleck ist.

»Eine Frage«, sagt er, »könntest du mir von dir ein T-Shirt leihen? Hast du irgendwas, das mir passen könnte? Bei Lilja brauch ich gar nicht zu gucken, die hat ja Kindergröße.«

Sie gehen zusammen in Katharinas Zimmer. Katharina holt den Stapel T-Shirts heraus und Mike sucht sich ein dunkelrotes, großes heraus, das Katharina manchmal als Nachthemd benutzt.

Gemeinsam kochen sie Tee und Espresso. Schließlich setzen sie sich an den Tisch. Wie auf Verabredung greifen sie beide gleichzeitig nach der Salami und müssen lachen.

»Mm, lecker, mit Pfeffer.« Er schichtet die Wurst in drei

Lagen auf sein Brot und beißt herzhaft hinein. Katharina genehmigt sich – zur Feier des Tages, denkt sie – zwei Brötchen. Sonst isst sie immer nur eins, aber in Gesellschaft macht es einfach Spaß. Schon lange war ein Frühstück nicht mehr so gemütlich. Draußen scheint die Sonne und die Spatzen machen auf dem Fenstersims ihr Spektakel.

Katharina erzählt von der Katze. Mike hatte früher viele Tiere. Erst einen Wellensittich, dann einen Hamster, der hinter einem Heizungsrohr verendet ist, dann einen Hund, der vom Auto überfahren wurde. Danach war er so traurig, dass er keine Tiere mehr haben wollte.

»Obwohl«, sagt er, »Tiere tun einem unheimlich gut. Die können einem nicht wehtun wie Menschen. Ich brauchte als kleiner Junge immer irgendein Tier, um mich auszuweinen.«

Sie schweigen. Katharina wartet darauf, dass er noch etwas sagt, etwas erklärt. Er sitzt da und lächelt, aber sie sieht, dass irgendeine Erinnerung ihn traurig gemacht hat. Sie würde am liebsten aufstehen, um den Tisch herumgehen und ihn in den Arm nehmen. Aber sie traut sich nicht. Mike ist Liljas Freund.

»Ich hätte hier gerne eine Katze«, sagt Katharina. »Eine richtige Hauskatze, die mit im Bett schläft. Auf dem Hof hatten wir Katzen, aber die waren da, um Mäuse zu jagen und die Ratten aus den Ställen zu vertreiben. Die durften nicht ins Haus.«

Sie erzählt davon, wie sie aufgewachsen ist, und von den Tieren auf dem Hof. »Unser Kater Anton hat die toten Mäuse immer vor die Küchentür gelegt. Wenn du morgens rausgegangen bist, musstest du erst mal aufpassen, dass du nicht auf eine Maus trittst.«

Sie lachen.

Katharina beschreibt die Schwierigkeiten, die ihr Vater hatte, den Hof in einen Biohof umzuwandeln, und wie viele Jahre es so aussah, als würden sie es nicht schaffen, weil die Bio-Produkte bei den Konsumenten noch nicht wirklich beliebt waren.

Mike hört aufmerksam zu und stellt immer wieder Fragen. Offenbar findet er es spannend, was Katharina erzählt. Es ist das erste Mal, dass hier in Hamburg ihr jemand wirklich zuhört, dass sich jemand für das Leben, das sie vorher geführt hat, interessiert.

Katharina hat vor Freude einen ganz heißen Kopf. Schon dafür hat sich die Party gelohnt, denkt sie. Dass ich Mike kennengelernt habe und jetzt mit ihm frühstücke.


»Mike! Mike?« Liljas Stimme ist so schrill, dass Katharina sofort wieder Kopfschmerzen bekommt. Erschrocken setzt sie sich auf.

»Oh Gott«, flüstert sie, »Lilja ist wach.«

»Na und?«, sagt Mike fröhlich. Er beißt in sein drittes Salamibrot.

Sie hören, wie die Klotür auf- und wieder zugeht, hören die Wasserspülung.

Plötzlich ist es in der Küche still. Eben haben sie sich noch so gut unterhalten, jetzt wissen sie plötzlich nicht mehr, was sie sagen sollen.

Eine halbe Minute später steht Lilja in der Küche.

Stumm starrt sie auf den Küchentisch. Wie Katharina und Mike sich gegenübersitzen. Was Katharina auf dem Teller hat, was Mike auf dem Teller hat.

Dann sagt sie, statt einer Begrüßung: »Was ist denn das für ein T-Shirt, das du da anhast?«

Mike dreht sich gelassen um. Er lächelt Lilja an. »Morgen, Schatz«, sagt er. »Gut geschlafen?«

»Ich hab beschissen geschlafen.« Lilja stellt sich hinter Mike. Zupft an seinem T-Shirt herum.

»Woher hast du das?«

»Von mir«, sagt Katharina.

Lilja hebt den Blick, schaut Katharina an, als sei ihr vorher gar nicht aufgefallen, dass ihre Mitbewohnerin auch im Raum ist. Sie sagt nichts.

Sie lässt sich auf den freien Platz fallen.

»Was ist das für ein Tee?«, fragt sie.

»Grüner Tee«, sagt Katharina.

»Okay, nehme ich auch.«

Katharina springt sofort auf, um die Kanne zu holen. Sie ist froh, irgendetwas tun zu können, irgendwie dieser Situation zu entfliehen. Aber Mike hält sie am Arm fest. »Wieso musst du Lilja bedienen?«, fragt er.

Katharina macht sich los. Sie lächelt verlegen. »Mach ich doch gern«, sagt sie.

Lilja schweigt. Sie schaut Mike an. Dann auf ihre Tasse. Katharinas Hände zittern, aber sie achtet sorgfältig darauf, dass kein Tropfen daneben geht. »Bitte«, sagt sie.

Lilja bedankt sich nicht.

»Katharina hat hier aufgeräumt und eingekauft«, sagt Mike. »Wie findest du das?«

Lilja schaut Mike an. »Ich kann nicht fassen, dass du ein Hemd von ihr trägst«, sagt sie.

»Das ist deine ganze Antwort?«

»Ja«, faucht Lilja, »das ist meine ganze Antwort.« Sie nimmt ihre Tasse und verschwindet damit in ihrem Zimmer.

Wenige Augenblicke später hört man den Fernseher.

Katharina lächelt unglücklich. »Sie ist immer schnell beleidigt«, sagt sie.

»Weiß ich doch«, sagt Mike. »Aber damit darf sie nicht durchkommen, ich meine, ich finde es unglaublich, dass du auf der Party die Einzige warst, die immer gearbeitet hat . . .«

»Ach, lass doch.« Katharina rutscht auf ihrem Stuhl hin und her. »Ich wollte nicht, dass es irgendwie auffällt. Und außerdem war es eine Party für mich. Ich fand es klasse, ein paar Leute kennenzulernen.«

Mike seufzt. Er geht nicht darauf ein. »Ihr lasst euch alle viel zu sehr von Lilja ausnutzen«, sagt er stattdessen. »Ihr seid selber schuld. Wieso macht ihr das?«

»Sie lässt sich nichts gefallen«, sagt Katharina. »Sie verschwindet einfach, wenn ihr was nicht passt.«

Mike nickt. Er steht auf. Er geht um den Tisch herum. Er beugt sich vor und küsst Katharinas Haare. »War ein super Frühstück«, sagt er weich.

Dann schenkt er sich noch einen Espresso ein und verschwindet damit in Liljas Zimmer.

Katharina bleibt am Tisch sitzen.

Die Sonne wärmt ihren Rücken. Sie wünscht, die Katze würde zurückkommen und um ihre Beine streichen. Sie wünscht, sie könnte mit der Katze reden, ihr leise davon erzählen, was ihr durch den Kopf geht. Aber nur die Spatzen sind da. Und mit Spatzen kann Katharina nicht reden. Als sie das Frühstück abgeräumt hat und in ihr Zimmer geht, bekommt sie mit, wie Lilja und Mike heftig miteinander streiten.

Sie will das nicht hören. Sie will gar nicht wissen, worum es geht.

Was Lilja und Mike miteinander treiben, geht sie nichts an. Rein gar nichts.

## 6. Kapitel

*Ich könnte sie erwürgen. Mit bloßen Händen. Jetzt hat sie es geschafft. Jetzt hat sie sich den einzigen Menschen geangelt, der mich wirklich lieb hat. Der mich nicht im Stich lässt, egal was passiert.*
*Das hat er einmal gesagt. Das muss er doch halten!*
*Ich werde das nicht zulassen, dass sie mich bei ihm aussticht. Um keinen Preis der Welt.*

Die nächsten Tage bricht in der WG die Eiszeit an. Zumindest kommt es Katharina so vor. Während es vorher nur frostig war, mit ein paar warmen Tagen dazwischen, ist mittlerweile Dauerkälte angesagt. Denn Lilja hat Katharina jetzt auf dem Kieker und lässt sie auf Schritt und Tritt spüren, wie sehr sie die Jüngere verachtet.
Das fängt bei Kleinigkeiten an. Nie spricht sie direkt mit

ihr. Aber oft kommen kleine spitze Bemerkungen, die Katharina in den Wahnsinn treiben.

»Hat die eigentlich schon wieder zugenommen?«, fragt sie Zoe beiläufig, als sie eines Abends dazukommt, wie Katharina sich in der Küche eine Pizza macht.

»Peinlich, diese riesigen Unterhosen!«, murmelt sie vor sich hin, wenn sie auf der Suche nach frischer Wäsche auf Katharinas Sachen stößt.

»Streberin«, zischt sie, wenn sich Katharina morgens beeilt, zur Uni zu kommen.

Abgesehen von den Gemeinheiten, die sie loslässt, verlegt sie sich ansonsten darauf, Katharina einfach zu ignorieren. Als wäre sie Luft. Nicht vorhanden.

Katharina spürt, wie Liljas Verhalten ihr von Tag zu Tag mehr auf die Nerven geht. Und schlimmer noch – sie immer öfter außer Fassung bringt. Sie, die Spannungen so schlecht ertragen kann, wird immer unglücklicher.

Sie weiß, dass sie über Liljas Gemeinheiten einfach mit einem coolen Spruch hinweggehen müsste. Aber es will ihr einfach nicht gelingen.

Nach ein paar Tagen hält Katharina es nicht mehr aus. Sie geht zu Zoe ins Zimmer und schließt die Tür. Sie bittet nicht gerne um Hilfe, eigentlich ist sie zu stolz dazu. Und Zoe hat im Moment selbst genug Schwierigkeiten. Am Tag nach der Party hat sie erfahren, dass sie durch eine wichtige Prüfung gefallen ist. Sie muss sich nun überlegen, ob sie überhaupt weiter Pharmazie studieren will.

»Hey Kleine!« Zoe lächelt sie geistesabwesend an. »Was liegt an?«

»Hör mal«, beginnt Katharina vorsichtig. »Ich muss mit dir sprechen. Hast du einen Moment Zeit?«

Zoe dreht sich auf ihrem Stuhl um und fingert nach einer Zigarette. »Wo drückt der Schuh, Baby?«, fragt sie, aber Katharina spürt, dass die Anrede nett gemeint ist, nicht gemein.

»Es geht um Lilja.« Sie holt tief Luft. »Ich . . . ich glaube, ich halte das nicht mehr aus. Was habe ich denn falsch gemacht?«

Zoe lacht auf. »Falsch? Was *du* falsch gemacht hast?« Sie nimmt einen tiefen Zug von ihrer Zigarette. Nachdenklich mustert sie Katharina. »*Du* hast überhaupt nichts falsch gemacht! Du bist nur zu verletzbar, um es mit Lilja aufzunehmen.«

»Wie meinst du das?«

Zoe seufzt. »Was glaubst du, warum sie deine Einstandsparty gegeben hat?«

Katharina zuckt mit den Achseln. »Das wundert mich im Nachhinein auch – wo sie mich offensichtlich nicht leiden kann.«

»Tja, reine Berechnung. Unsere Lilja ist schließlich nicht

dumm.« Zoe holt tief Luft. »Sie hat mit der Party nur eins bezweckt: Du solltest als das hässliche Entchen dastehen, während ihr Stern umso strahlender glänzt. Aber sie hat die Rechnung ohne dich gemacht. Denn du hast gewagt, dich zu amüsieren. Ihre besten Freunde haben sich mit dir unterhalten, haben dich ernst genommen. Und dann auch noch Mike! Ich hab gesehen, wie ihr getanzt habt. Und glaub mir, Lilja ist nicht nur höllisch eifersüchtig, sondern auch ziemlich nachtragend.«

Katharina starrt Zoe an. Sie kann nicht glauben, was sie da hört. Wie kann man nur so krank sein, auf solch eine absurde Idee zu kommen? Eine Party zu veranstalten für jemanden, den man gar nicht ausstehen kann, nur um selbst gut dazustehen?

So klug sie ist, das will ihr nicht in den Kopf.

Außerdem hat Lilja überhaupt keinen Grund, eifersüchtig zu sein, denkt sie bitter.

Ganz bestimmt nicht.

Ich bin ja schließlich fett und hässlich. Da braucht Lilja sich um ihren Mike keine Sorgen zu machen.

»Danke Zoe«, sagt sie tonlos. »War nett von dir, mir die Wahrheit zu sagen.«

»Warte mal.« Zoe springt auf. »Du darfst das nicht so schwer nehmen. Kümmere dich einfach nicht um die blöde Kuh. So halte ich das auch.«

Doch Katharina hört die letzten Worte nicht mehr. Sie ist hinausgerannt, bevor sie die Beherrschung verliert. Einen Moment später verriegelt sie ihre Tür hinter sich und wirft sich auf das Bett.

Und das erste Mal, seit sie in Hamburg ist, weint sie, bis keine Tränen mehr da sind.


Am nächsten Morgen steht Katharina am Fenster und sieht, wie Lilja aus dem Haus geht, Lilja in ihren engen Röhrenjeans und einem Jäckchen, das mit einem breiten Gürtel in der Taille zusammengeschnürt wird.

Katharina ist in einer merkwürdigen Stimmung. Mit einer Mischung aus Zorn und Faszination blickt sie Lilja hinterher. Beobachtet ihren Gang, ihre Armbewegungen und ihre Art, den Kopf so zu schütteln, dass ihre Haare wie ein Heiligenschein um sie stehen.

Katharina kann das kaum ertragen.

Aber noch weniger kann sie ertragen, dass sie jetzt miterleben muss, wie Mike seine Freundin begrüßt. Mike fährt einen alten Porsche, einen schwarzen Porsche. Der parkt immer in der zweiten Reihe, weil es in ihrer Straße absolut keine Parkplätze gibt.

Er springt aus dem Auto, breitet die Arme aus und läuft Lilja entgegen. Die beiden fallen sich in die Arme.

Er hebt sie hoch, weil sie so federleicht ist, bis ihre Gesichter auf gleicher Höhe sind. Sie küssen sich. Lilja inszeniert diese Küsse wie einen Hollywoodfilm. Es ist nicht zum Aushalten.

Katharina tritt vom Fenster zurück, sie will auf jeden Fall vermeiden, dass die beiden sie sehen.

Hastig setzt sie sich an ihren Schreibtisch und klickt irgendwelche Uni-Seiten auf dem Computer an und stürzt sich in die Texte.

Katharina starrt auf den Monitor. Der Text verschwimmt vor ihren Augen.

Mike ist seit der Party kein einziges Mal mehr in die Wohnung gekommen. Lilja hat es ihm verboten. Sie fährt lieber zu ihm, obwohl seine Bude in Norderstedt ist und das eine halbe Stunde Autofahrt bedeutet. Oder sie treffen sich auf dem Campus oder in einem Café im Uni-Viertel oder im Park. Nur nicht in der Wohnung.

Katharina denkt an das Frühstück mit Mike, daran, wie gut sie sich unterhalten haben. Fast wie Freunde.

Aber sie sind keine Freunde. Sonst hätte er sich mal nach ihr erkundigt. Sonst wäre er vorbeigekommen.

Aber das tut er nicht. Er hat sie längst vergessen. Das kleine Mädchen von der Party bei Lilja.

In der nächsten Zeit verlegt sich Katharina darauf, Lilja möglichst aus dem Weg zu gehen, sie ganz einfach nicht

zu treffen. Das ist ihre Art, mit dem Ganzen umzuge-
hen.

Ist es das wirklich, fragt sie sich dann manchmal. Ist das
wirklich deine Art, Katharina?

Sie denkt an früher. Erinnert sich daran, wie Justus
Schluss gemacht hat und wie sie sich selbst aus der Mise-
re geholt hat, nach ein paar Tagen. Da hat sie auch nicht
so lange gezögert, sich nicht von ihrem Kummer überrol-
len lassen.

Die Nächte schläft sie schlecht, wälzt sich von einer Seite
auf die andere, hin und her und denkt daran auszuzie-
hen. Doch die Miete ist schließlich für das ganze Semester überwiesen – Lilja hat am Anfang ja darauf bestanden.
Jetzt versteht Katharina das. Wer weiß, wie viele vor ihr
schon das Weite gesucht haben.

Nacht für Nacht drehen sich Katharinas Gedanken im
Kreis, sie denkt an zu Hause, an ihre Eltern und auch an
Justus, der so anders ist als Mike. Sie merkt, wie bitteres
Heimweh sie packt, unaufhaltsam, es ist nicht zu stoppen und schließlich denkt sie ans Aufgeben. Einfach zurück nach Hause zu fahren, dem ganzen Elend zu entfliehen.

Reiß dich zusammen, Katharina, ermahnt sie sich dann,
zum hundertsten Mal in den letzten Tagen und Wochen.
Du hast das doch sonst auch hinbekommen.

In der vierten durchwachten Nacht hat Katharina endgültig genug.

Der Wecker zeigt gerade halb vier, als sie von ihrer Matratze aufspringt. Es reicht. Ein für alle Mal.

Sie wirft sich ihren Bademantel über und setzt sich an ihren Schreibtisch. So kann das nicht weitergehen. So macht sie sich kaputt.

Entschlossen klappt sie den Laptop auf.

Sie hat im Grunde genommen nur zwei Möglichkeiten, überlegt sie nüchtern. Sie kann kämpfen. Oder sie kann gleich aufgeben.

Und wenn sie ehrlich ist, will sie ans Aufgeben jetzt noch nicht denken.

Nachdenklich schaut sie auf den leeren Monitor, strafft die Schultern und beginnt, einen Schlachtplan zu entwerfen. Und leise verspricht sie sich selbst, jeden einzelnen Punkt dieser Liste abzuarbeiten. Ganz systematisch. Bis alles gut wird.

## 7. Kapitel

»Einladung zum Spaghetti-Essen am 2.11. Acht Uhr. Bitte seid pünktlich.« So steht es auf den Zetteln, die Katharina ihren Mitbewohnerinnen an die Tür geklebt hat.

Zwei Wochen sind vergangen, seit die alte Katharina ihren Entschluss gefasst hat, sich selbst einmal von oben bis unten umzukrempeln. Bis zu ihrem Geburtstag hat sie sich Zeit dafür gegeben.

Und heute kann sie das Resultat im Spiegel bewundern. Sie wirft einen Blick auf die Uhr. Fast fünf vorbei. Höchste Zeit, sich fertig zu machen! Sie schlüpft aus ihrer Jogginghose und geht nur in Slip und T-Shirt bekleidet an ihren Schrank.

Mit klopfendem Herzen zieht sie eine Tüte hervor und breitet deren Inhalt auf dem Bett aus. Eine superteure neue Jeans – zumindest für ihre Verhältnisse, auch wenn

Lilja darüber nur lachen würde – und ein hautenger knall-grüner Wollpullover. Katharinas Augen leuchten. Das war definitiv die richtige Wahl.

Das Geld dafür hat ihre Lieblingstante spendiert. »Kauf dir etwas Schönes zum Anziehen. Damit du an deinem Geburtstag auch blendend aussiehst«, stand auf dem Glückwunschkärtchen. Im Umschlag lagen zweihundert-fünfzig Euro. Als ob ihre Tante geahnt hätte, dass Katharina gerade an einem neuen Selbstbewusstsein bastelte!

Katharina hat sich alles genau überlegt, in jener Nacht, als sie nicht einschlafen konnte.

Sie ist es wie eine dieser komplizierten Matheaufgaben im Abi angegangen, Stück für Stück, damit das Ganze den Schrecken für sie verliert. Und schließlich hat sie sich drangemacht, ihren Plan umzusetzen.

Jetzt zieht sie die Jeans über die Hüften und schließt den Knopf. Dann streift sie den grünen Pullover über. Und schließlich tritt sie vor den Spiegel.

Sie betrachtet sich lange, von oben bis unten. Dreht sich zur Seite. Wirft ihr Haar zurück. Und schließlich sagt sie leise: »Herzlichen Glückwunsch, Katharina!«

Sie fühlt, wie ihr Herz vor Aufregung schneller schlägt. Ja, das dort im Spiegel, das ist jemand. Jemand, der nach Hamburg passt, zu all den schicken Menschen, die hier rumlaufen. Katharina vom Biobauernhof war gestern.

Das im Spiegel ist jemand, der der bescheuerten Lilja ebenbürtig ist. Dafür hat sich die ganze Quälerei gelohnt.

Und Quälerei ist es tatsächlich gewesen, aber Katharina hat sich geschworen, dass Lilja es bereuen wird, sie einmal fett genannt zu haben.

Drei Kilo hat sie abnehmen wollen bis heute und tatsächlich sind es sogar ein paar Gramm mehr geworden, sie kann es selbst noch nicht recht fassen. Stolz streicht sie sich über den flachen Bauch.

Das kleine Fettpölsterchen ist nahezu verschwunden. Ihre normale Jeansgröße 38 hat nicht mehr gepasst, die Verkäuferin hat ihr eine 36 heraussuchen müssen.

Katharina fallen die Magermilchjoghurts und das Obst und das Knäckebrot ein – das ist alles, was sie in den letzten vierzehn Tagen zu sich genommen hat. Gott, wie sie am Schluss diesen Fraß gehasst hat! Aber egal – sie hat ihr Ziel erreicht und heute früh hat sie sich belohnt – mit einem Friseurbesuch.

Auch das gehörte zu ihrem Plan.

Wieder blickt sie in den Spiegel. Ihre Augen wirken noch größer als früher, durch die Diät ist sie auch im Gesicht schmaler geworden. Und der Haarschnitt tut sein Übriges.

Wie das wohl Mike gefallen würde, schießt ihr plötzlich durch den Kopf.

Vorsichtig streicht sie sich über ihre neue Frisur, die sich immer noch ungewohnt anfühlt. Das Geld von ihrer Tante hat dafür noch gereicht. Es lohnt sich eben doch, nicht immer in diese Billigläden zu gehen – das sieht man ja an Lilja. Die Friseurin hat ihre schweren roten Haare zu einem witzigen Stufenschnitt frisiert – kürzer als sonst und nicht mehr so brav. Die Haare fühlen sich weich an, ganz leicht.

»Besser als der dicke alte Zopf, oder?«, hat die nette Friseurin gelacht und Katharina hat nur sprachlos nicken können.

Sogar die elegante Frau im Nachbarstuhl hat ihr ein Kompliment gemacht. Katharina ist einen Kopf größer aus dem Salon gegangen.

Irgendwie älter. Irgendwie reifer.

Ja, so sieht sie aus.

Katharina dreht sich um und sucht das Rezept für die Spaghettisoße auf ihrem Schreibtisch. Sie muss mit dem Kochen anfangen, wenn sie rechtzeitig fertig werden will.

Ein Glücksgefühl durchströmt sie, ein richtiger Adrenalinkick. Sie ist so stolz auf sich! Ihr Plan ist tatsächlich aufgegangen und sie fühlt sich gewappnet für den Abend.

Diesmal wird sie es Lilja zeigen!

Kurz vor sieben schaut Katharina wieder auf die Uhr. Sie hat das Radio angeschaltet und am liebsten würde sie durch die Küche tanzen, so gut gelaunt ist sie.

Die Soße köchelt schon auf dem Herd. Ein wunderbarer Duft durchzieht die Küche. Eine Bolognese gibt es, nach einem Rezept von Jamie Oliver, das ist der Koch, den alle verehren, weil er so einfach und so raffiniert ist. An Tomatensoßen reibt er zum Beispiel immer Karotten, die intensivieren den Geschmack der Tomaten und geben der Soße etwas Süßlich-Herbes.

Auch der Tisch ist bereits gedeckt, sogar mit Blumen. Ein schöner Rosenstrauß. Bunte Rosen. Das sind die Blumen, die ihre Eltern ihr mit Fleurop geschickt haben.

Katharina hat sie morgens um acht Uhr in Empfang genommen, als Zoe und Lilja noch geschlafen haben. Das Paket der Eltern ist gestern angekommen. Eine Kuscheldecke. »Weil's jetzt immer kälter wird und weil jeder Mensch was zum Kuscheln braucht, auch unsere große Tochter«, hat ihre Mutter geschrieben. Katharina ist ganz gerührt gewesen.

Katharina gibt Wasser in den Spaghettitopf und schmeckt noch einmal die Soße ab. Mhmh, lecker. Noch ein bisschen Pfeffer vielleicht und einen Klecks Crème fraîche.

Plötzlich knurrt ihr Magen hörbar. Mann, hat sie Hunger! Ihr Körper giert richtig nach einer anständigen Mahlzeit.

Auf dem Tisch steht die Salatschüssel. Katharina hat verschiedene Blattsalate gemischt und Melonenwürfel hineingeschnitten. Dazu Thousand Island Dressing. Muss eigentlich gut passen.

Sie hat Zoe und Lilja nichts davon gesagt, dass sie Geburtstag hat. Lilja wäre es sowieso völlig egal, das weiß sie.

Und Zoe hat so viel Ärger mit ihrem Studium, dass sie im Moment nur mit halbem Herzen dabei ist. Katharina kann das verstehen, auch wenn sie es schade findet, dass sie Zoe so wenig zu Gesicht bekommt.

Die Haustür klappt – jemand stöckelt den Flur entlang, das Parkett knarrt. Lilja geht an der offenen Küchentür vorbei, schaut kurz in die Küche, doch statt zu grüßen, bedenkt sie Katharina mit einem arroganten Blick, wirft die Haare mit dieser typischen Lilja-Bewegung nach hinten und verschwindet.

Katharina zuckt mit den Achseln. Heute nicht, erinnert sie sich an ihren Vorsatz. Vergiss es, heute kannst du mich mal.

Eine halbe Stunde später kommt Zoe in die Küche gestürmt und Katharina geht es gleich besser.

Sie macht richtig große Augen. »Hey, Kleine!«, ruft sie und stemmt die Hände in die Hüften. »Cooles Outfit!

Und vor allem tolle neue Frisur!« Sie grinst und deutet auf den Tisch. »Neuer Liebhaber? Und er schickt dir gleich Blumen?«

»War kein Liebhaber«, hat Katharina fröhlich geantwortet, »waren meine Eltern.«

»Mir haben meine Eltern noch nie Blumen geschickt«, hat Zoe darauf erwidert.

»Essen um acht?«, hat Katharina gerufen und von Zoe kam ein »Klar!« zurück.

Katharina gibt die Spaghetti in das brodelnde Wasser und stellt die Eieruhr auf neun Minuten.

Zoe taucht wieder in der Küche auf. Sie setzt sich und probiert schon mal mit den Fingern den Salat. »Mmm«, sagt sie, »lecker, ich hab einen Sauhunger.«

»Es gibt noch Baguette«, sagt Katharina, »Moment.«

Sie schneidet das frische Baguette auf und Zoe greift sich sofort ein Stück.

»Wollen wir nicht auf Lilja warten?«, schlägt Katharina vor.

Zoe nickt, legt das angebissene Brot wieder hin, dreht sich um und brüllt in den Flur: »Lilja! Wir fangen an!«

Katharina gießt die Nudeln durch ein Sieb. Sie liebt den Geruch frisch gekochter Pasta.

Zoe offenbar auch. »Herrlich«, sagt sie. »Irgendein besonderer Anlass heute?«

Katharina will gerade antworten, da steht Lilja in der Tür.

Sie trägt ihren Hausanzug, eine Jogginghose aus Samt und ein hautenges, kurzes Kapuzenshirt.

Die Hose liegt auf ihren Hüftknochen, man sieht ihren flachen Bauch und das kleine Schmetterlingstattoo neben dem Bauchnabel.

Katharina durchfährt ein stechendes Gefühl der Eifersucht. Vorhin hat sie sich noch so schön und schlank und sexy gefunden. Wie kommt es, dass bei Liljas Anblick wieder diese Minderwertigkeitsgefühle in ihr hochkommen?

Sie versucht, woandershin zu schauen, aber dieser kleine Schmetterling auf Liljas flachem Bauch scheint sie zu verfolgen.

Liljas Haut ist glatt und bestimmt ganz weich und seidig. Man sieht es ihrer Haut an, dass sie seidig sein muss. Lilja benutzt Ganzkörperpeeling-Cremes. Die stehen im Bad.

Manchmal nimmt Katharina einen der kostbaren Tiegel in die Hand. Alles französische Produkte, die es nur in teuren Parfümerien gibt. In einen Drogeriemarkt würde Lilja keinen Fuß setzen.

Lilja steht immer noch in der Tür, wahrscheinlich, weil Katharina und Zoe sie nicht ausdauernd genug bewundert haben.

»Setz dich doch endlich«, sagt Zoe.

Lilja geht zu ihrem Stuhl, dabei streift sie Katharina und diese Berührung ist für Katharina wie ein elektrischer Schlag. Gute Vorsätze hin oder her, ich werde langsam allergisch gegen die Frau, denkt sie.

Lilja schaut auf die Blumen, auf die Salatschüssel und weicht mit dem Oberkörper aus, als Katharina die Spaghettischüssel auf den Tisch stellt.

Lilja verliert kein Wort über das Essen oder den Anlass. Sie sagt auch nichts zu Katharinas neuer Frisur. Offenbar bemerkt sie die Veränderung an ihrer Mitbewohnerin gar nicht.

Stattdessen ist ihre schlechte Laune mit den Händen greifbar. Sie zupft ein Salatblatt aus der Schüssel und beißt daran herum wie an einer Ledersohle.

»Schmeckt der Salat nicht?«, fragt Katharina, als Lilja das Blatt wieder hinlegt. Ihre Stimme klingt ruhig. Sie besinnt sich mit aller Macht auf ihr Vorhaben.

Ein Geburtstagsessen mit Lilja und Zoe veranstalten. Mit einer selbstbewussten Katharina, so hat sie es sich vorgenommen. Einer Katharina, die Lilja ebenbürtig ist.

»Ich hab schon gegessen«, erwidert Lilja. Sie sagt es zu Zoe, nicht zu Katharina. Wie immer tut sie so, als wäre Katharina Luft.

»Aber du wusstest doch, dass Katharina heute kocht«,

sagt Zoe empört. »Sie hat uns eingeladen. Warum machst du so was?«

»Ich hatte vorhin eben Hunger«, sagt Lilja ungerührt.

Katharina glaubt ihr kein Wort. Sie weiß, dass es Absicht ist.

»Okay. Macht nichts«, sagt Zoe munter, »dann essen wir beide eben für drei.«

»Oh ja«, ruft Lilja ganz begeistert. »Esst für mich mit.« Sie lacht. »Damit ihr groß und stark werdet.«

Und fett, denkt Katharina, und schwer wie Mehlsäcke. Sie sieht auf einmal vor sich das Bild, wie Mike die federleichte Lilja hochhebt und an sich drückt und küsst.

Plötzlich ist ihr Heißhunger verflogen.

Sie reicht Zoe die Nudelschüssel und Zoe bedient sich.

»Das ist ein Rezept von Jamie Oliver«, zwingt sich Katharina zu sagen. Normal bleiben. Nichts anmerken lassen.

Dabei kann sie nicht mehr an das Rezept denken. Ihr ist übel, der Magen wehrt sich nach der langen Fastenzeit gegen diese schwere Soße, gegen den pappigen Nudelgeschmack, sie möchte den Teller nehmen und den Inhalt ins Klo spülen.

Hatte sie allen Ernstes daran geglaubt, sie würden alle friedlich beieinandersitzen, wie Freundinnen, nur weil Katharina einen neuen Haarschnitt hat? Und ein paar

Pfund weniger wiegt? Was für eine lächerliche Idee das doch gewesen ist!

Lilja legt ein Muster aus Salatblättern in die Mitte ihres Tellers.

Trotzig greift Katharina nach ihrer Gabel, dreht die Nudeln auf den Löffel, steckt sie in den Mund.

Noch eine Gabel und eine dritte. Auch wenn es gar nicht schmeckt.

Lilja kichert. »Hey Zoe«, sagt sie beiläufig. »Weißt du, was Mike mir heute erzählt hat? Seine erste Freundin war richtig fett – so mit dicken Hüften und Doppelkinn und irgendwann hat es ihn nur noch geekelt. Soll ja Jungs geben, die stehen auf so was.« Sie wirft Katharina einen gehässigen Blick zu. »Aber Mike hat gesagt, dass ihn so was einfach total anwidert.«

Zoe ignoriert Lilja und lächelt Katharina zu. »Ich glaub, *ich* steh auf Jamie Oliver«, sagt sie.

Katharina sagt nichts. Sie nimmt einen vierten Bissen.

Lilja lehnt sich in ihrem Stuhl zurück, verschränkt die Arme und starrt Katharina jetzt offen an. Ihre Augen sind zu schmalen Schlitzen zusammengezogen und mustern sie kalt. Jede Handbewegung verfolgt sie, jede Gabelvoll, die in Katharinas Mund wandert.

Freut sie sich? Wünscht sie sich, dass Katharina all das Zeug in sich reinstopft und dick und rund wird wie eine

Tonne, damit sie dagegen noch federleichter und spindeldürrer aussieht?

»Sie hat mit der Party nur eins bezweckt: Du solltest als das hässliche Entchen dastehen, während ihr Stern umso strahlender glänzt.« Zoes Worte hämmern in ihrem Kopf.

Schon längst hat Katharina verstanden, dass Lilja und sie keine Freundinnen werden können. Aber erst jetzt wird ihr klar, worum es eigentlich geht. Sie sind Feindinnen. Lilja ist es, die den Krieg erklärt hat. Und solange sie daran festhält, wird Katharina immer das Nachsehen haben.

»Schmeckt echt genial«, sagt Zoe und schmatzt behaglich. Sie macht das extra, um Lilja zu reizen. Lilja zerrupft ein weiteres Salatblatt und legt aus den kleinen Fitzelchen Muster auf ihrem Tellerrand. Katharina würde ihr den Teller am liebsten an den Kopf werfen.

Jetzt wendet Lilja sich wieder an Zoe. »Kannst du Katharina mal sagen, dass ich es scheiße finde, dass ich immer ihre Haare aus dem Waschbecken fischen muss.«

Zoe grinst, sie schaut Katharina an. »Lilja findet es scheiße, dass sie immer deine Haare aus dem Waschbecken fischen muss.«

»Aber wieso denn!«, ruft Katharina wütend. »Ich wasche mir die Haare unter der Dusche.«

»Sag ihr, dass sie Haarausfall hat. Ihre dämlichen Haare liegen überall rum.«

»Du hast Haarausfall, deine Haare liegen überall rum«, informiert sie Zoe.

»Das ist doch überhaupt nicht wahr!«

Katharina merkt, wie ihr die Tränen in die Augen schießen. Sie versucht, sich zusammenzureißen, an ihre tolle neue Frisur zu denken, an die bewundernden Blicke der Frau im Salon, an Zoes Komplimente, aber es hilft nichts. Alles, was sie spürt, ist eine furchtbare, ohnmächtige Wut.

Und das hilflose Gefühl, auf ganzer Linie versagt zu haben.

Wie bei einem Test, bei einer mündlichen Prüfung. Wenn man sich monatelang vorbereitet hat und dann vor den Prüfern steht – und das Hirn ist ganz leer, obwohl man weiß, irgendwo ist alles da. Aber man findet es nicht mehr.

Zoe mustert sie besorgt von der Seite. Sie scheint zu merken, dass Katharina kurz davor ist, die Fassung zu verlieren. »Die Soße ist dir echt spitze gelungen«, sagt sie hastig. »Meine Mutter hat immer so schrecklichen Pamps zusammengekocht, das war furchtbar. Ich hab zu ihr eines Tages gesagt: Lass es einfach bleiben. Du kannst nicht kochen. Versuch's gar nicht erst.«

Katharina lächelt tapfer. Sie will die Unterhaltung mit Zoe fortsetzen, sie muss einfach, das ist sie ihr schuldig und sich selbst sowieso, aber sie kann ihren Blick nicht von Lilja wenden. Wie ein Kaninchen, das von einer Schlange hypnotisiert wird.

Lilja zieht jetzt eine Spaghetti-Nudel aus der Schüssel, lehnt den Kopf zurück und lässt die Nudel in den Mund fallen.

Sie kaut. Sie kaut endlos auf dieser Nudel herum und Katharina würde sich nicht wundern, wenn sie die Spaghetti-Nudel wieder ausspuckt, aber das macht Lilja nicht.

Sie schenkt sich Wasser ein, trinkt und sagt: »Jeder Mensch verliert jeden Tag mindestens hundert Haare, du aber das Doppelte.«

»Hey«, sagt Zoe sanft, »nun ist gut, ja? Lilja!«

»Wieso?« Lilja schaut Zoe unschuldig an. »Haarausfall ist doch nichts Schlimmes!«

Katharina schiebt ihren Teller von sich. Die Übelkeit hat sich weiter ausgebreitet, ihr Magen schmerzt, sie kann keinen Bissen mehr essen.

Das Telefon klingelt.

Lilja steht ganz selbstverständlich auf. Sie versäumt keine Gelegenheit, die beiden daran zu erinnern, dass es ihre Wohnung ist – aber meistens ist das Gespräch ja auch für sie.

Katharina schaut nicht hoch, als Lilja sich meldet. Liljas Stimme wird eine Oktave höher, sie setzt ihre Kunststimme ein. Vielleicht ahmt sie jemanden nach, einen Schauspieler, einen Star.

Katharina würgt es immer, wenn sie diese besondere »Ich-telefoniere-mit-meinem-Lover-Stimme« hört. Ihr Herz schlägt heftiger, ein Pochen in der Brust, hinter den Rippen, richtig unangenehm.

»Ach Mike!«, säuselt sie. »Wie lieb von dir. Eben hab ich noch von dir gesprochen. Codewort Doppelkinn, du weißt schon.« Sie will sich ausschütten vor Lachen.

Katharina kann gar nicht richtig Luft holen. Wortlos steht sie auf, wortlos geht sie in ihr Zimmer und verriegelt die Tür.

Ganz still. Ganz leise.

Die alte neue Katharina.

## 8. Kapitel

*Sie macht das mit voller Absicht. Sie macht mich nach, weil sie sich Mike krallen will. Warum tut sie das? Bei diesem blöden Essen vor zwei Wochen, da hätte ich heulen können. Hab ich aber nicht. Ich heule nie. Lieber wehr ich mich.*

*Heute hat mich Mike wieder ausgefragt. Wo ich war, was ich getan, was ich gegessen habe. Er sagt, so kann es nicht mehr weitergehen.*

*Sieht er denn nicht, wie fertig mich das macht? Kann er mich nicht einfach in den Arm nehmen? Das hat er schon so lange nicht mehr gemacht – mich in den Arm genommen und einfach festgehalten.*

*Katharinas Mutter kommt zu Besuch, Zoe hat es mir erzählt. Sie freut sich, ihre Augen strahlen richtig. Das muss schön sein, wenn man sich auf seine Eltern freuen kann. Wenn einen jemand bedingungslos liebt.*

Katharina steht auf dem Hamburger Hauptbahnhof. Es ist das erste Adventswochenende. Ihre Mutter kommt zu Besuch. Katharina hat ihr ein Zimmer in einer Pension an der Alster gebucht, ein schönes hanseatisch weißes Haus mit drei Etagen, innen auch alles weiß und hell und modern. An den Wänden zeitgenössische Kunst, um die Ecke lauter Steh-Imbisse mit italienischen Spezialitäten, eine englische Buchhandlung, ein vietnamesisches Restaurant, ein Secondhandshop für Designer-Mode. Drei Friseur-Läden in einer Straße, vier Schuhgeschäfte! Und jede Menge Coffeeshops mit »Coffee to go«.

Die Leute tragen ihren dampfenden Kaffeebecher mit sich herum, hocken auf dem Brückengeländer, diskutieren und lachen. Das Stadtviertel ist der pure Gegensatz zu dem fränkischen Biohof, auf dem Katharina aufgewachsen ist. Sie möchte, dass ihre Mutter merkt, wie viel sich für sie verändert hat. Wie die Großstadt einen verändern kann.

Es ist Advent und alles glänzt und glitzert und leuchtet. Die Geschäfte in der Wandelhalle sind mit Tannengirlanden und roten Schleifen geschmückt, die Rolltreppen, die zu den Bahnsteigen führen, haben Lichterketten. Irgendwie riecht alles nach Lebkuchen und Marzipan, aber das kann man sich auch einbilden. Ein Weihnachtsmann läuft herum, tätschelt kleinen Kindern die Wange und schenkt ihnen Schokolade.

Neben Katharina steht eine junge Mutter mit ihrem kleinen Sohn an der Hand. Der Junge leckt an der Weihnachtsmann-Schokolade, von der ihm die Mutter das Papier abgewickelt hat.

Der ICE aus München über Nürnberg und Würzburg soll in vier Minuten ankommen. Seit drei Minuten beobachtet Katharina den kleinen Jungen. Wie die Schokolade immer weniger wird und wie die Lippen des Jungen von der Schokolade glänzen. Es ist Vollmilchschokolade, Katharina hat den Geschmack auf den Lippen, ihr Magen krampft sich zusammen. Wie sehr sie sich jetzt ein winziges Stückchen Schokolade wünschte.

Aber sie bleibt stark. Die Zeiten, in denen sie ihrem Heißhunger nachgegeben hat und einfach losgelaufen ist, um Süßigkeiten zu kaufen, um sie sich dann reinzustopfen, wahllos und in großen Mengen – diese Zeiten sind vorbei.

Katharina stellt sich jetzt jeden Morgen auf die Waage, aber sie passt auf, dass Lilja es nicht merkt. Denn es ist Liljas Waage und es ist ihr zuzutrauen, dass sie es Katharina verbieten würde. Sie könnte zum Beispiel sagen: Du hast Fußpilz, ich will mich nicht anstecken.

Lilja wiegt sich sogar morgens und abends und notiert ihr

Gewicht in einer Exceltabelle, die sie speziell dafür auf ihrem Computer eingerichtet hat. Am Anfang hat Katharina noch darüber gestaunt. Jetzt nicht mehr. Jetzt ist es ihr größtes Ziel, so dünn zu sein wie Lilja. So federleicht. So durchsichtig und zerbrechlich, so unwiderstehlich.

Und dieses Ziel stellt sie über alles andere.

Zwei Tage nach ihrem Geburtstag hat Katharina im Flur eine Modetüte gesehen. Lilja hatte sich neue Jeans gekauft. Katharina konnte nicht widerstehen. Sie hat die Jeans rausgeholt und angeschaut. Auf dem Label stand *Victoria Beckham*. Eine Designer-Jeans. Superedel verarbeitet. Kostet ein kleines Vermögen.

Katharina hat sich die Jeans an den Körper gehalten. Das war unfassbar! In diese Jeans würde sie nie im Leben hineinpassen! Selbst für Lilja war sie doch zwei Nummern zu klein.

Katharina war allein in der Wohnung. Sie hat versucht – ganz behutsam, damit Lilja nichts merkt –, die Jeans zu probieren, um zu sehen, wie weit sie hineinkommen würde. Nach der Mitte der Waden, die ihr plötzlich monströs dick erschienen, war Schluss. Es ging gar nichts mehr. Es war eine Katastrophe. Eine Niederlage.

Aber nicht lange. Denn dann schlug ihre Niedergeschlagenheit in Hass um. In eine ungeheure Wut und den Wunsch, es allen zu zeigen.

Allen. Was Lilja schaffte, schaffte sie schon lange.

Seitdem ist der Krieg zwischen ihnen beiden in eine neue Phase eingetreten. Katharina versucht jetzt gar nicht mehr, mit Lilja klarzukommen. Sie denkt nicht mehr ans Ausziehen oder an das, was nach dem ersten Semester kommt.

Sie konzentriert sich lieber auf sich selbst und auf ihr neues Ziel. Da hat sie wenigstens Erfolg. Und den kann man messen.

In Pfunden.

In Kilos.

In Zentimetern.

Katharina isst inzwischen fast nichts mehr. Sie hat in vier Wochen noch einmal vier Kilo abgenommen, aber das ist nicht genug. Überall hat sie noch Speck, überall ist es zu viel, an den Oberschenkeln, am Po, in den Kniekehlen – sie hasst ganz besonders ihre weichen Kniekehlen. Liljas Beine sind gerade und sehnig, ohne ein einziges Gramm Fett. Vielleicht ist es bei Katharina auch nur Wasser, das sich ablagert. Man soll ja viel Wasser trinken.

Aber Katharina glaubt, dass das Wasser in ihren Zellen bleibt und sie aufschwemmt. Manchmal träumt sie davon, dass man mit einer Nadel in sie reinpiksen könnte und das ganze Wasser spritzt weg. So, wie man in eine

Ente pikt, die im Ofen schmort, aus der dann das Fett rausläuft.

Die Schokolade ist jetzt restlos im Mund des Jungen verschwunden. Er fährt mit der Zunge über die Lippen, sucht noch nach dem letzten Rest Schokoladengeschmack. Seine Augen glänzen. Mit der einen Hand hält er seine Mutter ganz fest. Er hat ein rundes rosiges Gesicht. Eigentlich ist er zu dick.

Ich würde meinem Kind keine Schokolade geben, denkt Katharina, wenn es schon so dick ist. Als der Junge sie ansieht, als habe er ihre Gedanken erraten, wird sie rot. Der Junge blickt sie trotzig an. Er schaut nicht weg.

Katharina geht ein Stück zur Seite. Sie schlägt den Wollschal zweimal um den Hals, sie ist ein bisschen erkältet, das Wetter war schlecht in der letzten Zeit, kalt und nass und windig. Noch nicht ein einziges Mal ist Schnee gefallen.

Eine Lautsprecherstimme kündigt die Einfahrt des ICEs an und reißt Katharina aus ihren Gedanken. Die Leute auf dem Bahnsteig beginnen hektisch hin- und herzulaufen. Mit quietschenden Bremsen kommt der Zug zum Stehen, die Türen gehen auf, die Menschen drängen aus den Abteilen. Katharina stellt sich auf die Zehenspitzen.

Ihre Mutter kommt zum ersten Mal nach Hamburg. Sie

will zwei Tage und zwei Nächte bleiben, Katharina hat ein tolles Programm auf die Beine gestellt. Auch für die Zeit, in der sie in der Uni Vorlesungen hat. Sie freut sich auf ihre Mutter. Sie freut sich darauf, von ihr in den Arm genommen zu werden, ihre lustige Stimme zu hören, ihre Grimassen zu sehen.

Ein bisschen Normalität.

Katharina hat nur Zoe erzählt, dass ihre Mutter zu Besuch kommt, aber Zoe ist vor ein paar Tagen auf ein Rockfestival gefahren. Überhaupt bekommt man sie nur noch ganz selten zu Gesicht.

Lilja dagegen ist seit zwei Tagen wieder zurück aus Sylt, dorthin hat sie einen Kurztrip gemacht, mit Mike. Seit Wochen hat sie von nichts anderem gesprochen als von ihrem *Kuschelwochenende,* so hat sie es genannt.

In allen Details musste sich Katharina vorher anhören, dass Mikes Eltern in Kampen ein Haus besitzen, ein Friesenhaus, hundert Jahre alt, mit Reetdach und Kamin, gleich hinter den Dünen, superromantisch.

Lilja hat in blühenden Farben ausgemalt, wie sie mit ihrem Mike ganz allein in dem großen friesischen Haus mit Reetdach sein würde. Sie hat Modemagazine gewälzt, um zu überlegen, was sie dort anziehen soll, für Spaziergänge am Meer, für die Abende vor dem Kamin.

Einmal hat sie sogar Katharina in ihr Zimmer gebeten,

vor den Kleiderschrank, und sie um Rat gefragt. So was hat sie vorher noch nie gemacht. Katharina hat genau gewusst, dass Lilja sie damit reizen wollte. Dass Lilja vor ihr angeben wollte. Sie demütigen.

Aber Katharina hat so getan, als merke sie es nicht. Den Triumph wollte sie Lilja nicht gönnen.

Mike ist dann gekommen, um Lilja abzuholen.

Katharina hat zufällig die Tür aufgemacht. Es war das erste Mal seit der Party, dass er in die Wohnung kam.

»Hallo Katharina«, sagte Mike überrascht und irgendwie verlegen. »Lange nicht gesehen.«

»Ja«, erwiderte Katharina, »stimmt. Komm rein.«

»Du siehst toll aus.« Mike ist in den Flur getreten. »Was hast du gemacht?«

»Nichts«, Katharina hat die Arme ausgebreitet und gelacht, »gar nichts.«

»Deine Frisur! Wahnsinn! Und du bist viel schlanker geworden.«

»Kann sein, aber nicht viel.«

»Doch wirklich. Ich bin ganz . . . irgendwie . . . also wirklich, du siehst umwerfend aus.«

»Danke.« Katharina ist ganz rot geworden. »Aber kann nicht sein. Ich fühl mich saumäßig.«

»Wieso?«

»Keine Ahnung.« Sie lachte kurz auf. »Vielleicht weil ihr

ans Meer fahrt – und ich noch nie am Meer war.« Sie hat selbst nicht gewusst, woher die Worte plötzlich gekommen sind, sie sind einfach so aus ihr herausgebrochen.

Mike schaute sie an. Seine Augen waren voller Mitgefühl. Und Neugier. »Noch nie am Meer?«

Katharina hat den Kopf geschüttelt, sie hat sich geärgert, dass sie überhaupt den Mund aufgemacht hat.

»Ich bin praktisch dort aufgewachsen«, hat Mike gesagt. »Meine Eltern haben ein Haus in Kampen. Seit Ewigkeiten. Das hat früher meinen Großeltern gehört. Von meinem Zimmer aus sieht man den Leuchtturm.«

Katharina wusste das alles schon, Lilja hatte es ja oft genug betont. Aber erst in diesem Moment wurde der Neid auf Lilja übermächtig, fast nicht mehr bezähmbar. Es tat ihr fast körperlich weh, daran zu denken, dass Mike und Lilja eine schöne Zeit haben könnten.

»Komm doch mit«, hat Mike plötzlich gesagt. »Wir haben genug Zimmer.«

Katharina hat gelacht. Es klang bitter, das hörte sie selbst. »Aber von denen sieht man nicht den Leuchtturm«, hat sie gesagt.

Mike hat nicht gelacht. Er hat nur geantwortet, ganz leise. »Stimmt.«

Und dann haben sie geschwiegen. Und in den Flur geschaut, der so leer wirkte wie sonst nie. Kein Laut in der

Wohnung. Vielleicht stand Lilja im Bad und hatte jedes Wort gehört. Aber es war ihr auch egal.

»Ich hab immer mal gedacht, wir treffen uns in der Mensa. Gehst du nie in die Mensa?«

Katharina schüttelte den Kopf.

»Und wieso nicht?«

»Keine Ahnung.«

»Das Essen ist okay, sogar Biokost«, sagte Mike. »Und billig, ich bin fast jeden Mittag da, immer so gegen halb zwei.«

Sie haben sich angeschaut.

»Okay«, hat Katharina zugestimmt. »Okay. Vielleicht probier ich das mal.«

»Würde mich echt freuen«, hat Mike erwidert.

Mike trug eine Lammfelljacke und eine blaue Wollmütze. Er zog die Mütze ab und schüttelte seine Haare.

»Lilja ist bestimmt im Bad«, sagte Katharina, um die Stille zu durchbrechen.

Mike hat gleichmütig genickt. Und gefragt: »Und wie geht's sonst?«

»Gut«, hat Katharina geantwortet.

»Schon eingewöhnt in der Uni?«

»Ja. Geht prima.«

Mike hat gelächelt. »Das freut mich. Ich hab gewusst, dass du schnell klarkommst.«

Katharina wusste nicht mehr, was sie noch sagen sollte. In diesen wichtigen Sekunden, die ihnen blieben, fiel ihnen nichts ein. Katharina hat immer auf die Badezimmertür gestarrt.

»Und du?«, hat sie schließlich gefragt. »Sonst auch alles okay?«

Immer dieses Wörtchen *sonst,* so als wüssten sie beide, dass da noch etwas anderes ist, etwas Wichtiges, über das sie eigentlich reden sollten. Aber ihnen fehlte der Mut.

»Na ja«, Mike zuckte mit den Schultern, »geht so.«

»Wieso?«

»Ach.« Mike hat an seiner Mütze rumgespielt, eine Geste der Verlegenheit. »Weiß auch nicht. Mein Vater hatte einen Schlaganfall. War nicht wirklich schlimm.« Er hat sie angeschaut, irgendwie hilflos, ganz verloren. »Aber da hab ich einen Riesenschreck gekriegt. Weil der Gedanke, dass man seine Eltern verlieren kann . . . Ich meine, das gab's vorher nicht, das war in meinem Kopf nie präsent.«

»Verstehe«, hat Katharina gesagt.

Gleich darauf kam Lilja aus dem Bad und Katharina hat sich schnell in ihr Zimmer zurückgezogen.

Und das war der Moment, als der Wunsch in ihr übermächtig wurde, ihre Mutter zu sehen.

Wie aus einem Impuls heraus hat sie ihr Handy genommen und hastig die Nummer ihrer Eltern gewählt.

»Hallo Mama«, hat sie leise gesagt. »Was meinst du, hast du nicht Lust, mich hier besuchen zu kommen?«

Ihre Mutter hat sich so gefreut.

»Himmel – endlich!«, hat sie theatralisch gerufen. »Tag und Nacht trage ich das Telefon mit mir rum, damit ich nicht verpasse, wenn mich meine große Tochter endlich einlädt. In eine echte, richtige Stadt! Gott, was soll ich da bloß anziehen?«

Katharina hat mitlachen wollen, wie früher, wenn ihre Mutter herumalberte, als sei sie dreizehn statt vierunddreißig. Aber in dem Moment fiel die Tür hinter Mike und Lilja ins Schloss. Und das Lachen blieb ihr im Hals stecken.

An dem Wochenende ging es Katharina nicht gut, sie ist fast die ganze Zeit im Bett geblieben. Sie hat nichts gegessen und nur wenig getrunken. Hat versucht, zu schlafen und an nichts zu denken. Aber sobald sie einschlief, träumte sie von Mike.

Mike an der Nordsee. Und immer kam Lilja von irgendwoher und er breitete die Arme aus und sie lief ihm in die Arme und er hob sie hoch, federleichtes Mädchen.

Jedes Mal an dieser Stelle wachte Katharina auf und es ging ihr noch schlechter.

Aber an dem Wochenende hat sie ein Kilo abgenommen, in nur drei Tagen. Das war ihr bisheriger Rekord.

Dass Mike sie schön fand, mit fast sieben Kilo weniger, das spornte sie an. Da war es noch ein bisschen leichter, sich das Essen zu verbieten.

Nur der Junge mit der Schokolade hier auf dem Bahnsteig, der ist eine echte Herausforderung gewesen. Hätte nicht viel gefehlt und Katharina hätte gefragt, ob er ihr ein Stückchen abgibt.

»Kathi! Süße!« Das ist ihre Mutter. Der Bahnsteig hat sich geleert. Ihre Mutter steht an der Rolltreppe, in Turnschuhen und ihrem grünen Parka, in der Hand einen Rucksack.

Katharina winkt. Sie läuft. Und fällt ihrer Mutter in die Arme.

»Das ist ja kaum zu glauben!«, ruft ihre Mutter und hält Katharina ein Stück von sich weg, um sie anzusehen. »Wie gut du aussiehst! Und schlank bist du geworden!«

Wieder zieht die Mutter Katharina an sich. Und im gleichen Augenblick, in der gleichen Sekunde, in der Katharina sich an den rauen Parkastoff drückt, so alt und so vertraut, und die Hautcreme ihrer Mutter riecht und überhaupt, wie sie die Stimme ihrer Mutter hört, da kann sie sich nicht mehr zusammennehmen. Sie bricht in Tränen aus, schiebt ihr Gesicht unter den Mantelkragen ihrer

Mutter und heult wie ein kleines Kind. Und ihre Mutter, ganz erschrocken, lässt den Rucksack fallen, reibt ihren Rücken und murmelt: »Kathi, Kathi, hey, ist ja gut. Ist ja alles in Ordnung. Was ist denn los?«

Kathi hört auf zu weinen, reibt sich die Augen, lächelt, küsst ihre Mutter und sagt: »Nichts, Mamilein. Ist nichts. Ich freu mich nur so.«

»Ja«, sagt ihre Mutter zärtlich, aber in ihrer Stimme schwingt Sorge mit. »Ich freu mich doch auch!« Und nimmt sie noch etwas fester in den Arm.


Sie sitzen im Taxi, beide hinten, ganz nah beieinander wie früher, und ihre Mutter streichelt unentwegt Katharinas Hand, Katharinas Arm.

Katharina spürt, wie sehr die Mutter sie vermisst hat.

»Meine kleine große Tochter«, sagt sie jetzt zärtlich. »Du siehst so verändert aus! So schmal bist du geworden.«

Jetzt ist es Katharina, die strahlt. Die Worte wärmen sie richtig. Vorhin am Bahnhof war sie zu aufgewühlt, aber jetzt fühlt sie den Triumph. Ihre Mutter hat gleich gesehen, wie viel sie abgenommen hat! Sie hat gesehen, dass Katharina sich verändert hat!

Unwillkürlich schaut sie an sich hinunter, auf die Beine, auf die ist sie besonders stolz.

Katharina trägt dunkle Strumpfhosen, kniehohe Stiefel

und darüber einen kurzen karierten Wollrock. Sie hat einen Secondhandladen entdeckt, in dem es Markenklamotten zu einem einigermaßen günstigen Preis gibt.

Inzwischen kommt sie mit dem Geld besser klar, sie spart enorm am Essen, so kann sie sich ab und zu etwas aus dem Laden leisten.

Jedes Mal, wenn sie vom Einkaufen kommt, fühlt sie sich hübscher und besser.

Ihre Knie sind klein und rund. Und fest. Früher gab es immer irgendeine wabbelige Stelle an ihren Knien. Jetzt erkennt man auch durch die dicken Strümpfe die Kniescheibe.

Natürlich ist es noch nicht perfekt, Katharina findet immer eine Stelle, die ihr nicht gefällt, aber es wird. Früher hätte sie niemals einen Minirock getragen.

Wie viele Kniebeugen sie in den letzten Wochen gemacht hat, wie viel Krafttraining für Waden und Oberschenkel. Diese Beine sind wahrhaft ihr Werk. Auf diese Beine kann sie stolz sein, auch wenn da noch viel Arbeit auf sie zukommt. Liljas Beine jedenfalls sind viel perfekter.

Sie reißt sich aus ihren Gedanken, als ihre Mutter sie am Ärmel zupft und fragend aus dem Fenster zeigt.

»Dahinten beginnt der Hafen«, erklärt sie. »Da können wir morgen vielleicht eine Rundfahrt machen, mit einer

Barkasse. Die startet immer bei den Landungsbrücken. Du hast dich doch so auf die Elbe gefreut.«

Der Taxifahrer nickt ihnen über den Rückspiegel zu.

»Der Hafen, das muss sein. Wer den Hafen nicht gesehen hat, weiß nichts über die Stadt«, sagt er. »Wir sind das Tor zur Welt. Darauf sind wir Hamburger richtig stolz.«

Katharinas Mutter lacht. Sie trägt einen Pferdeschwanz, genau wie Katharina früher, aber Katharina findet, dass ihr das steht.

Überhaupt ist sie eine schöne Frau. Braune Augen mit ganz vielen Lachfältchen. Obwohl ihre Mutter so viel arbeitet, hat sie nie das Lachen verlernt. Schade, hat ihr Vater oft gesagt, dass du nicht die Fröhlichkeit von deiner Mutter geerbt hast. Das hätte ich dir gewünscht. Da kommt man leichter durchs Leben.

Als Katharina klein war, wollte sie so werden wie ihre Mutter. Aber dann, in der Pubertät, auf einmal nicht mehr. Da wollte sie ein ganz eigenständiger, ein besonderer Mensch sein. Da fand sie ihre Mutter plötzlich albern mit ihren ständigen Sprüchen und dem mädchenhaften Kichern.

»Links ist die Binnenalster«, erklärt Katharina, als sie über die Lombardsbrücke fahren, »und rechts die Außenalster. Da fahren im Sommer kleine Barkassen.«

»Und eine Million Segler sind dann auf dem Wasser«,

sagt der Taxifahrer. Er mischt sich immer in das Gespräch ein, das findet Katharina blöd, aber ihre Mutter amüsiert sich darüber.

»Mir wird schon auf einer Luftmatratze im See schlecht«, gibt sie zu.

»Ach, Sie werden nicht seekrank.« Der Taxifahrer blinzelt Katharinas Mutter durch den Rückspiegel zu. »Sie doch nicht!«

»Ich bin noch nie am Meer gewesen«, sagt Katharinas Mutter. »Können Sie sich das vorstellen?«

»Nee«, erwidert der Taxifahrer, »kann ich nicht. Soll ich Sie hinbringen? Wollen wir einen schönen Ausflug machen? An den Timmendorfer Strand?«

Katharinas Mutter lacht glücklich. Katharina stellt sich vor, wie es wäre, wenn ihre Mutter nicht einen Bauern geheiratet hätte, sondern zum Beispiel einen Hamburger Kaufmann. Was für ein Mensch wohl aus ihr geworden wäre? Aber sie kann sich das nicht ausmalen.

»Das hier ist der Harvestehuder Weg«, erklärt Katharina, als sie in eine wunderschöne Allee mit hohen Bäumen einbiegen, die am Ufer der Alster entlangführt. »Das ist eine der schönsten Straßen von Hamburg. Und ganz in der Nähe ist deine Pension.« Sie hat sich das alles extra im Reiseführer angesehen, um ihrer Mutter etwas erklären zu können.

Nach einem kurzen Blick aus dem Fenster wendet sich Katharinas Mutter ihr zu und streichelt ihr zärtlich über die Wange. »Dein Gesicht ist so schmal geworden«, sagt sie staunend. »Richtig erwachsen!«

»Ich bin erwachsen, Mama«, sagt Katharina. »Versteh das doch endlich! Als du so alt warst wie ich . . .«

»Ja doch.« Ihre Mutter lässt sie nicht zu Ende sprechen. »Ich weiß, ich weiß. Aber einen Unterschied gibt es doch. Glaub mir, ich hab vor siebzehn Jahren deutlich mehr gewogen als du jetzt.«

Katharina muss lachen, doch dann sieht sie im Fenster, wie ihnen ein schwarzer Porsche entgegenkommt, und für einen Moment setzt ihr Herz aus. Mike, denkt sie. Aber bevor sie den Fahrer überhaupt hinter der Windschutzscheibe erkennen kann, ist er schon vorbei.

Mike und Lilja haben fünf Nächte im Haus seiner Eltern verbracht. Fünf Nächte mit Kamin und Spaziergängen am Meer. Fünf Nächte in Mikes Zimmer, von dem aus man den Leuchtturm sehen kann.

Katharina war nicht zu Hause, als Mike Lilja vorgestern in der Wohnung abgesetzt hat. Sie hatte an dem Nachmittag ein Seminar. Als sie kam, lag Lilja in der Badewanne, umhüllt von Schaum, der nach Orangenblüten duftete. Sie hatte ihre Haare hochgesteckt und war zuerst erschrocken, als Katharina ins Bad platzte. Aber dann strahlte sie. Und schien überhaupt nicht sauer über die Störung zu sein.

»Tut mir leid«, murmelte Katharina, »ich wusste nicht, dass du im Bad bist, man hat gar nichts gehört.«

»Macht doch nichts. Komm rein. Und mach die Tür zu. Es zieht.«

»Wie war's denn?«, fragte Katharina möglichst gleichgültig. Sie ging zum Waschbecken und wusch sich die Hände. Im Spiegel sah sie Liljas Porzellangesicht, das aus den Schaumbergen ragte. Ihr eigenes Gesicht kam ihr dagegen richtig bäuerlich derb vor, voll verblasster Sommersprossen.

»Es war unfassbar himmlisch!« Liljas Arme, schaumglänzend, schossen nach oben, die gespreizten Finger ragten in die Luft. »Es waren die schönsten Tage meines Lebens!« Sie schob sich etwas weiter aus dem Wasser, wischte den Schaum von ihrem Kinn. »Weißt du, was ich glaube?«

Katharina wartete. Die feuchte Hitze im Bad war kaum zu ertragen.

»Ich glaube«, sagte Lilja, »uns ist jetzt klar geworden, dass wir für immer zusammengehören. Dass nichts uns auseinanderbringen kann. Weißt du, ich bin plötzlich sicher, dass mein Leben einmal wundervoll wird.«

»Es ist doch schon wundervoll«, sagte Katharina grimmig.

Lilja schaute sie mit großen Augen an. »Ja? Findest du?«

»Aber sicher.«

»Ach.« Lilja setzte sich aufrecht, legte die schaumglänzenden Arme auf den Wannenrand. »Und wieso meinst du das?«

»Reiche Eltern, jede Menge Geld, jede Menge Freunde, du siehst toll aus . . .« Katharina zählte an den Fingern ab.

»Ja?«, rief Lilja gierig. Sie merkte gar nicht, wie bitter Katharinas Stimme klang. »Findest du? Wirklich? Komm doch ein bisschen näher, du Liebe.«

Sie nennt mich *du Liebe,* dachte Katharina. Klar doch. Sobald jemand ihr ein Kompliment macht, ist er der Favorit des Tages.

»Also, du findest, ich sehe toll aus?«

»Das weißt du doch selbst. Du hast eine Figur wie diese Top-Models. Lang und dünn.«

»Wie ein Model? Echt?« Liljas Blick hing an Katharinas Lippen. »Ach, das tut so gut, das zu hören.«

Katharina lachte gereizt. Das Gespräch nervte. »Wieso willst du, dass ich etwas wiederhole, was dir tausend Leute sagen?«

Lilja schaute Katharina an, wortlos, schloss plötzlich die Augen, hielt sich die Nase zu und tauchte unter.

»Okay«, murmelte Katharina. Sie trocknete ihre Hände, legte das Handtuch zurück und ging zur Tür, ohne noch einen Blick auf Lilja zu werfen. »Und tschüss.«

Als sie die Türklinke schon in der Hand hatte, schoss Lilja wieder aus dem Wasser und rief: »Mike hat dir eine Karte geschickt, mit einem blöden Leuchtturm.«

Katharina versteinerte. Sie drehte sich nicht um. »Ach ja? Ich hab keine Karte bekommen.«

Lilja kicherte. »Kannst du auch nicht. Ich hab sie nämlich in den Müll geworfen.« Danach ist sie wieder abgetaucht, in das nach Orangenblüten duftende Schaumbad.


Katharina überlegt, was auf der Postkarte wohl stand. Dass Mike an sie gedacht hat! Dabei muss es doch so romantisch gewesen sein mit Lilja. Katharina überlegt zum hundertsten Mal, ob es wohl so etwas wie Gedankenübertragung gibt. So etwas wie Telepathie, was die Naturwissenschaften immer bestreiten, aber auch nicht widerlegen können.

Der Taxifahrer plappert unentwegt. Zählt alle Sehenswürdigkeiten von Hamburg auf. Den Michel. Den Jungfernstieg. Die Petrikirche. Die AOL-Arena. St. Pauli, die Reeperbahn.

»Da sollten wir beiden mal gemeinsam hin«, sagt der Taxifahrer.

Katharinas Mutter schüttelt lachend den Kopf. Katharina findet es nervig, dass der Taxifahrer ihre Mutter anbaggert, am liebsten würde sie es ihm sagen. Sie zieht sich immer mehr in ihre Ecke zurück.

Mike, denkt sie. Ach, Mike. Sie kann sich einfach nicht vorstellen, warum er ausgerechnet ihr eine Postkarte schreiben wollte. Sie ist doch nichts. Sie ist doch gar nichts. Nicht schön, nicht dünn, nicht interessant. Warum sollte ein so toller Typ wie Mike ihr eine Postkarte schicken? Er hat sich nach der Party ja nicht einmal mehr nach ihr erkundigt.

Bestimmt hat Lilja sie gelesen.

Aber ich werde mir eher die Zunge abschneiden, denkt Katharina, als Lilja zu fragen, was auf der Karte gestanden hat.

Vielleicht ja nur: Das ist der Leuchtturm, den ich meine.

Oder: Schöne Grüße vom Meer. Oder sonst irgendetwas Belangloses.

Plötzlich fällt ihr etwas ein. Vielleicht stimmt es auch gar nicht, das mit der Postkarte. Vielleicht hat Lilja sich das nur ausgedacht, um ihre Reaktion zu testen. Es wäre ihr zuzutrauen.

# 9. Kapitel

*Untertauchen, das ist es, was ich möchte. Als ich aus Sylt ge-*
*kommen bin und mich in die Badewanne geflüchtet habe,*
*da habe ich das erste Mal daran gedacht. Was ist, wenn ich*
*einfach untertauche und nicht wieder hochkomme? Wird*
*mich jemand vermissen? Wird es jemandem auffallen,*
*wenn ich nicht mehr da bin?*
*Da im Bad – da hätte ich es Katharina fast erzählt. Ich*
*weiß nicht, manchmal habe ich das Gefühl, sie würde mich*
*verstehen. Gerade sie könnte mich verstehen.*
*Wieso bin ich trotzdem so zu ihr?*
*Ich wünschte, ich könnte weinen.*
*In ein Schaumbad voller Seifenblasen möchte ich untertau-*
*chen. Und nie wieder hochkommen.*

Sie stehen im Flur von Katharinas Wohnung, Katharina hat den Daunenanorak ausgezogen und ihre Stiefel und hockt auf dem Fußboden, um sich dicke Wollsocken überzustreifen. Sie hat jetzt ständig kalte Füße. Früher hat sie nie gefroren. Ihre Mutter streichelt über ihren Rücken, ihre Wirbelsäule und zuckt plötzlich zurück.

»Du bist ja so mager geworden! In knapp zwei Monaten! Das ist doch gar nicht möglich!«

»Wieso soll das nicht möglich sein? Schau doch mal in die Zeitschriften, in denen sie Diäten vorstellen – du weißt schon, diese Vorher-Nachher-Geschichten. Nie gesehen? Alles ist möglich.«

»Aber du machst doch keine Diät, oder?«

»Nein, Unsinn.« Katharina dreht den Kopf weg und fügt trotzig hinzu. »Vorhin hast du gemeint, dass ich toll aussehe.«

»Ja. Stimmt. Das hab ich gesagt. Aber da hattest du ja auch noch den dicken Anorak an.« Sie ist plötzlich ganz ernst, gar nicht so lustig wie sonst. Behutsam streicht sie mit den Fingern über Katharinas Wirbelsäule. »So dünn . . .«, murmelt sie besorgt.

Katharina zieht sich am Heizkörper hoch. Sie zupft ihren Pulli zurecht, schaut ihre Mutter an. »Willst du jetzt die Wohnung sehen?«

Aber ihre Mutter hat keinen Blick für die Wohnung, fixiert immer nur Katharina. Ihre Augen gleiten über das Gesicht, den Hals, die Schultern, die Arme . . . Sie ist wirklich erschrocken. Ihre Augen sind weit geöffnet. »Hey, Kathi. Was ist nur mit dir passiert?«

Katharina seufzt. Sie zieht ihre Mutter an der Hand weiter. »Gar nichts ist passiert, Mama. Tu doch nicht so erschrocken! Freu dich lieber, dass ich nicht mehr so fett bin wie früher. Hier ist die Küche.«

Ihre Mutter hat keinen Blick für die Küche. Schaut einmal kurz hin, murmelt etwas, das wie »Aha« klingt, und sagt: »Du warst doch niemals fett!«

»Mami! Ich hab über sechzig Kilo gewogen! Weißt du noch?«

»Na und? Bei deinen 1,68? Du hattest ein ganz normales Gewicht.«

»Und wieso hatte ich dann in der Taille eine Speckrolle?«

»Eine Speckrolle? Sag mal, drehst du jetzt vollkommen durch?«, fragt Katharinas Mutter entgeistert.

»Doch. Wenn ich mich hingesetzt hab.« Katharina zerrt einen Küchenstuhl hervor, setzt sich, fällt in sich zusammen, macht einen runden Rücken, sodass die Haut vorn zusammengeschoben wird. Triumphierend quetscht sie die Haut zwischen ihren Fingern. »Hier! Das war dreimal so dick! Alles Fett! Das ist doch widerlich! Kein Wunder, dass Justus mit mir Schluss gemacht hat.«

Ihre Mutter sagt nichts, steht in der Küche, schaut Katharina nur an, die sich jetzt wieder aufrichtet und den Bauch einzieht.

Katharina kommt sich vor wie auf dem Prüfstand. Dieser besorgte Blick. Dieses Mütterliche. Wenn sie könnte, würde sie mir jetzt sofort einen Teller Nudeln kochen, denkt Katharina.

Und bei dem Gedanken muss sie doch lachen. Sie dreht sich um und umarmt ihre Mutter, gibt ihr einen Kuss. »Lass uns über was anderes reden, ja? Willst du jetzt endlich mein Zimmer sehen?«

Eine Stunde später sitzt sie mit ihrer Mutter in einem völlig überheizten Café in der Innenstadt. Nur deshalb hat Katharina den dicken Pulli, den sie über dem kurzärmeligen T-Shirt trägt, ausgezogen. Und nur deshalb kann ihre Mutter die ganze Zeit auf ihre dünnen Arme starren.

»Bist du unglücklich, Schätzchen?«, fragt sie besorgt.

Katharina blitzt ihre Mutter an. »Wieso denn unglücklich?«

»Also, weil du das eben mit Justus gesagt hast. Wenn es irgendetwas gibt, wenn ich dir irgendwie helfen kann . . .«

»Kennst du eine Mutter, die ihrer Tochter hat helfen können, wenn sie Liebeskummer hatte?«

Sie schauen sich an und müssen unwillkürlich lachen.

»Ich könnte die Erste in der Geschichte der Menschheit sein«, schlägt Katharinas Mutter vor.

Sie haben sich beide einen Latte macchiato bestellt, eigentlich trinkt Katharina keinen Latte mehr, weil die viele Milch ja nur dick macht. Sie trinkt meistens Kräutertee, Hibiskus oder Roiboos oder Grünen Tee. Tee hat überhaupt keine Kalorien. Aber Milch!

Lilja nimmt Milch nur teelöffelweise zu sich. Beim Trinken verliert man schnell den Überblick, da laufen, bevor man überhaupt einmal geschluckt hat, schon jede Menge Fettmacher durch die Kehle in den Magen und setzen sich als Speck auf die Hüften. Nein danke. Das brauche ich nicht, denkt Katharina. Sie braucht auch diesen Latte macchiato nicht, aber ihre Mutter hat schon im Bahnhof davon geredet, wie sie sich auf einen Café-Besuch mit Katharina gefreut hat.

Ihre Mutter berührt mit einem langen Löffel den Milchschaum im Glas. Das sieht schön aus, wie sich das Braun des Kaffees mit dem Weiß des Milchschaums vermischt.

Sie haben sich beide Kuchen ausgesucht, ihre Mutter hat ein Stück Sahnetorte bestellt, Katharina einen Käsekuchen. Neben dem stand ein Schild »für Diabetiker«. Also Kuchen ohne fettmachenden Industriezucker. Katharina weiß inzwischen eine ganze Menge über Kalorien und Fettwerte.

Sie entwickelt sich langsam zur Spezialistin. Jeden Abend vor dem Schlafengehen sitzt sie am Schreibtisch und zählt die Kalorien zusammen, die sie am Tag zu sich genommen hat. Wenn es mehr als achthundert waren, weiß sie, dass sie am nächsten Tag fasten muss. Und zwar konsequent.

Den Käsekuchen hat Katharina noch nicht angerührt, als der Teller ihrer Mutter schon leer ist. Ihre Mutter erzählt von zu Hause, von ihrem Vater, von den Tieren, von dem neuesten Klatsch im Dorf.

»Und stell dir vor, Lena Frei ist schwanger! Sie war doch eine Klasse unter dir.«

»Ja, aber sie ist älter als ich.«

»Das Dorf steht kopf, kann ich dir sagen.« Katharinas Mutter leckt genüsslich den Milchschaum vom Löffel. »Keiner weiß, von wem das Baby ist. Und sie will es auch nicht sagen. Kannst du dir vorstellen, wie die alten Weiber sich das Maul zerreißen?« Sie kichert.

Katharina versucht, sich an Lena zu erinnern. Als Katharina zehn oder elf war, hat sie sich öfter mit Lena getroffen, sie sind zusammen zum Reiten gegangen, das war schön.

Vorsichtig zerteilt sie mit der Gabel ihren Käsekuchen, sie nimmt ein winziges Stück auf die Gabel und schiebt es in den Mund. Mit der Zunge presst sie das Stück gegen den Gaumen. Der Geschmack des Käsekuchens ist so stark, so überwältigend, dass sie an nichts anderes mehr denken kann.

Sie hat seit Wochen nichts Süßes gegessen.

Dafür gibt es morgen nur Obst, denkt sie. Und nimmt ein weiteres winziges Stückchen.

»Wir überlegen, Hänsel und Gretel zu verkaufen«, erzählt Katharinas Mutter.

Gretel ist ihre beste Kuh und Hänsel ihr Sohn, ein prämierter Zuchtbulle. Wie alle Kühe auf dem Hof sind sie nach Märchenfiguren benannt. Früher fand Katharina das witzig. Sie hatten sogar mal ein Kalb, das Katharina Dornröschen getauft hat.

»Wieso gerade Gretel?«, fragt sie. Seit Jahren gibt die Kuh pro Tag mindestens zehn Liter Milch mehr als die anderen.

»Stell dir vor, wir waren auf der Auktion in Nürnberg und da kam ein Händler auf uns zu. Für einen Kunden aus China sucht er die besten Zuchttiere Deutschlands. Der Chinese will einen gigantischen Zuchtbetrieb aufmachen. Die haben ein Heidengeld für die beiden geboten. Was meinst du, kann man Hänsel und Gretel wohl ins Chinesische übersetzen?«

Der Käsekuchengeschmack umhüllt Katharinas Gaumen. Eine wohlige Wärme breitet sich in ihr aus, ein

Wohlbefinden, ihre Lippen, ihr Gaumen, ihr Zahnfleisch, alles schmeckt nach Käsekuchen. So herrlich. Katharina lächelt.

»Keine Ahnung«, sagt sie gedankenverloren.

Sie schaut zur Vitrine. Da liegen all die Köstlichkeiten. Sie hat auf einmal das Gefühl, dass sie eine halbe Torte schaffen würde, ohne Probleme. Ihr Magen, ihr ganzes Inneres giert nach so einer Herrlichkeit wie dem Käsekuchen. Sie nimmt einen Schluck von ihrem Latte macchiato. Auch der ist köstlich. Ihr Gesicht wird warm, sie spürt, wie Farbe in ihre Wangen kommt. Sie hält vorsichtig die kalten Finger an die Haut. Ihre Mutter redet und redet.

Katharina hat nicht aufgepasst. Sie weiß jetzt nicht, wie viel Geld der Chinese geboten hat, aber macht nichts.

»Ich glaub, ich bestelle mir noch ein Stück. Möchtest du auch noch mal das Gleiche?«, fragt ihre Mutter.

Katharina sieht, dass ihr Teller leer ist. Ganz erschrocken starrt sie auf ihren Teller. Wie kann das sein? Sie hat doch nur zwei, drei kleine Bissen genommen, sie wollte den Rest doch liegen lassen. Sie lässt immer das meiste liegen von dem, was auf ihrem Teller ist, genauso macht es Lilja. Es gibt einem ein gutes Gefühl, wenn man sich selbst besiegt hat. Wenn man seinen eigenen Körper, seinen eigenen Hunger besiegt hat.

»Also, ich bestell mir noch ein Stück Butterkuchen. Der sah auch lecker aus«, sagt Katharinas Mutter. Sie steht auf. Sie wartet, dass Katharina ihr folgt, aber Katharina sitzt immer noch vollkommen entgeistert am Tisch und starrt auf ihren Teller.

»Kommst du?«, fragt ihre Mutter.

Katharina schaut auf. Sie sieht ihrer Mutter ins Gesicht und erschrickt ein zweites Mal. Weil sie erkennt, dass ihre Mutter nur noch mehr Kuchen essen will, damit auch Katharina etwas isst. Damit Katharina wieder so schön fett wird wie vorher.

Katharina verschließt sich. Ihr Blick wird kalt. »Ich will nicht mehr«, sagt sie.

»Komm, ein kleines Stückchen, weil es so gemütlich ist!«

»Ich hab keinen Hunger.«

»Natürlich hast du Hunger. Das gibt's doch gar nicht. Du hast heute Mittag nichts gegessen und wer weiß, was du zum Frühstück . . .«

»Mama, können wir das Thema wechseln?«

Ihre Mutter setzt sich wieder hin, blickt sich im Café um.

»Hey, Kathi«, sagt sie leise und ein bisschen traurig, »wo bist du nur? Ich erkenn dich gar nicht wieder.«

»Ich bin immer noch die Alte.«

»Wirklich?« Ihre Mutter wirft ihr einen scharfen Blick zu, dann seufzt sie. »Hör mal, ich verstehe dich ja. Wenn man das erste Mal auf eigenen Füßen steht, dann will man allein klarkommen, egal, was passiert. Mir ging es genauso, als ich mit dir schwanger war. Ich wollte mit niemandem reden, niemandem etwas davon erzählen.« Sie greift nach Katharinas Finger. »Ich weiß, ich bin nur deine uralte Mutter und so weiter, aber glaub mir, ich mach mir Sorgen um dich. Wenn du mir nicht erzählen kannst, was los ist – gibt es irgendjemanden sonst, der dir hilft, wenn du Kummer hast?«

»Natürlich. Mami, ich hab jede Menge Freunde! Abgesehen davon, dass ich keinen Kummer habe! Wie oft soll ich denn das noch sagen!« Katharinas Stimme wird schrill, ein bisschen aggressiv.

»Und wieso bist du dann so blass? So dünn? So durchsichtig?«

Katharina lacht. Es ist fast ein glückliches Lachen.

Blass. Dünn. Durchsichtig. Das hört sich richtig schön an.

Sie beschließt, sich zusammenzunehmen. Das ist sie ihrer Mutter schuldig. »Mamilein, es ist wirklich nichts Schlimmes«, sagt sie versöhnlich. »Vielleicht ist es die Uni. Der Anfangsstress. Wenn du hier in Hamburg leben und deine Tage in der Bibliothek verbringen würdest, hättest du auch keine roten Backen. Hier hat es, seit ich angekommen bin, insgesamt vielleicht acht Sonnentage gegeben, mehr nicht.«

Ihre Mutter mustert sie, als höre sie gar nicht richtig zu. »Vor zwei Wochen hab ich Justus getroffen«, sagt sie vorsichtig. »Er hat mich nach dir gefragt. Eigentlich hab ich ihm versprochen, dir nichts davon zu erzählen. Aber vielleicht rufst du ihn mal an, wenn du Lust hast.«

Katharina starrt sie fassungslos an. »Das ist doch wohl nicht dein Ernst! Nach seiner letzten E-Mail?«

»Ja, ja, ich weiß ja.« Ihre Mutter nickt. »Aber vielleicht hat sich für ihn etwas geändert? Vielleicht hatte er nur Angst vor der räumlichen Entfernung?«, fragt sie behutsam.

»Räumliche Entfernung!«, faucht Katharina. Alle guten Vorsätze, nett zu sein, sind vergessen. »Was soll das sein? Wir leben im Zeitalter der Beschleunigung. Wie viele Stunden hast du gebraucht von Würzburg?«

»Dreieinhalb.«

»Da siehst du's. Bitte, ist das vielleicht schlimm?«

»Nein, aber . . .«

Katharina unterbricht sie wütend. »Wenn du das kannst, wieso kann er das dann nicht?«

»Vielleicht ist es für ihn zu teuer?«

Katharina verschluckt sich fast. »Wieso verteidigst du ihn? Und nicht mich? Ich denke, du bist auf meiner Seite!«

»Kathi, ist schon gut. Ist doch alles gut. Ich will dich nicht aufregen.«

»Und warum tust du es dann?«

Einen Moment lang schweigen sie. Katharinas Mutter sieht plötzlich hilflos aus, die lustigen Fältchen um ihren Mund wirken tiefer als sonst.

Jetzt tut es Katharina leid, dass sie ihre Mutter so angefahren hat. Sie hat sich so auf diesen Besuch gefreut. Am besten reden sie schnell über etwas anderes, etwas Schönes, Erfreuliches! Katharina denkt nach. Der Leuchtturm fällt ihr ein. Liljas Jeans fallen ihr ein. Der Käsekuchen, den sie im Magen hat.

Ihr fällt nichts Erfreuliches ein.

Die Kellnerin kommt und fragt, ob sie noch etwas bestellen wollen. Sie lehnen beide ab.

Es ist Katharinas Mutter, die das Schweigen endlich bricht. »Zurück zu deinem Unistress«, sagt sie betont munter. »Gibt es in besagter Bibliothek ohne Sonne wenigstens jede Menge gut aussehender Jungs?«

»Das Studium ist super«, sagt Katharina. Sie ist erleichtert, dass ihre Mutter ablenkt. Schnell erzählt sie von ihrem letzten Seminar, von der Professorin, die jedes Mal zu spät kommt. Sie spricht von ihren Bekannten, von der wuschelköpfigen Carolin und dem witzigen Chris, mit denen sie jetzt manchmal einen Kaffee in der Uni trinken geht. Von dem Institut mit seinen hundert verschiedenen Räumen, die wie ein Labyrinth angelegt sind. Von der Schwierigkeit, sich selber einen Stundenplan zu machen. Von den Pflichtvorlesungen und denen, die man freiwillig hören möchte. Und alles muss zu den Seminaren passen, für die man Scheine sammeln muss.

»Ich hör schon«, stöhnt Katharinas Mutter gespielt auf. »Mrs Ehrgeiz schlägt wieder zu. Hast du vielleicht vor, schon nach drei Semestern deinen Abschluss in der Tasche zu haben?«

Katharina schüttelt den Kopf. »Nie im Leben«, sagt sie. »Glaub mir, ich bin hier eher Durchschnitt.« Nach kurzer Überlegung fügt sie hinzu. »Und ein bisschen will ich auch Hamburg genießen.«

»Ha!« Ihre Mutter triumphiert. »Na, wenn das kein Fortschritt ist! Sie will etwas genießen!« Sie sieht sich nach der Kellnerin um. »Komm, lass uns zahlen. Dann gehen wir zurück in eure gemütliche Wohnung und kochen uns eine heiße Schokolade und ich erzähl dir, was du zu Hause noch so alles verpasst hast. Außer Lenas skandalöser Schwangerschaft gibt es noch tausend neue Dorfgerüchte. Was meinst du?«

Katharina überlegt. Zu dieser Zeit kommt meist Lilja kurz nach Hause, bevor sie sich für den Abend umzieht und wieder abhaut. Es ist ihr plötzlich vor ihrer Mutter peinlich, dass sie Lilja nichts von dem Besuch erzählt hat. »Okay«, sagt sie und ringt sich ein Lächeln ab, »okay, gut, aber vorher muss ich aufs Klo.«

Das schindet Zeit. Sie hat plötzlich Panik, mit ihrer Mutter zurück in die Wohnung zu fahren. So, als lauere dort eine Gefahr. Sie versteht sich selbst nicht, so durcheinander ist sie.

Wenn ihre Mutter von zu Hause spricht, laufen Bilder durch Katharinas Kopf. Bilder vom letzten Sommer, vom Moorsee, Justus in seiner Badehose, die Apfelernte und der Tag, an dem die Kühe ausgebrochen und über die Feldwege gerannt sind, in Richtung Schnellstraße. Wie sie die Kühe mithilfe der Polizei wieder einfangen mussten. Der flirrende Sommertag. Die Mücken. Der Schweiß, der über ihren Rücken und das Dekolleté gelaufen war. Und wieder Justus, seine Hände auf ihrer Haut.

Wie sich wohl Mikes Hände anfühlen?

Katharina geht aufs Klo, einmal quer durch das Café hindurch, und sie spürt, dass ihre Mutter ihr nachschaut. Sie geht ganz steif, völlig verkrampft zwischen den Tischen hindurch. Sie stößt an einen Stuhl, genau am Hüftknochen. Ein stechender Schmerz, der ihr kurzfristig die Luft nimmt. Aber sie bleibt nicht stehen, obwohl ihr Tränen in die Augen schießen.

Auf der Toilette spült sie ihren Mund aus, um die Reste des Käsekuchens loszuwerden, den Geschmack der Sünde, der Versuchung.

Dann schließt sie sich ein und bleibt eine Weile auf dem Klo sitzen. Denkt an die Fahrt im Taxi, an das Gefühl des Triumphs.

Sie hat sofort gemerkt, dass du abgenommen hast, ruft sie sich wieder ins Gedächtnis. Schmal fand sie dich. Sie fährt mit den Fingern an ihrem Rippenbogen entlang. Sie spürt jede einzelne Rippe, wenn sie sich anstrengt. Aber das reicht nicht. Da ist noch zu viel Fettgewebe in der Haut. Alles zu dick, zu schwammig, zu weich.

Sie denkt an den Käsekuchen. Wie viele Kalorien so ein Stück Kuchen wohl hat? Wie soll sie jemals so schlank werden wie Lilja, wenn sie sich bei der erstbesten Gelegenheit den Magen so vollschlägt?

Lilja würde das nicht machen. Lilja hat sich immer im Griff, schießt ihr durch den Kopf. Deswegen passt sie ja auch in diese fantastisch-winzigen Jeans.

Katharina könnte heulen, wenn sie an den Rückschlag denkt, den sie bei ihrem täglichen Kampf um Kalorien erlitten hat. Aber sie will nicht, dass ihre Mutter Tränenspuren in ihrem Gesicht entdeckt, wenn sie zurückkommt.

Ich bin nicht unglücklich, denkt Katharina. Überhaupt nicht.

Wäre ihre Mutter nicht gekommen, denkt Katharina, hätte sie heute vielleicht nur einen Apfel und einen Löffel Magerquark gegessen. Hätte keinen Latte macchiato getrunken, sondern Kräutertee.

Sie hätte an diesem Tag vierhundert Gramm abnehmen können. Stattdessen hat sie wahrscheinlich vierhundert Gramm mehr Fett in ihrem Körper angesammelt. Wahrscheinlich sogar mehr! Eine Horrorvorstellung.

Katharina ballt die Fäuste und schlägt wie wild auf ihre Oberschenkel, als wolle sie die Fettzellen einzeln herausprügeln.

Vergessen sind die Pläne für ihre Mutter, die Stadtrundfahrt, der Einkaufsbummel. Sie kann nur noch an den Käsekuchen denken.

Es ist, als würde ihr Blickfeld immer kleiner. Als sehe sie durch einen langen schwarzen Tunnel und am Ende: ein Stück Käsekuchen. Und darüber die Zahl vierhundert. Blinkend wie ein Warnzeichen. Kalter Schweiß bricht ihr aus.

# 10. Kapitel

Von:     Justus-Baum@hotmail.com
An:      KatharinaF@aol.com
Hallo Kathi,
ich dachte, ich melde mich mal.
Gestern habe ich zufällig am Bahnhof Deine Mutter getroffen. Sie kam gerade aus Hamburg zurück. Hat Dich besucht, muss ja offenbar sehr schön gewesen sein. Und sie hat geschwärmt von der Stadt.
Ich bin echt ein bisschen neidisch geworden, ich meine, ich sitze hier immer noch in diesem Kaff und warte auf meine Zulassung zum Medizin-Studium und das Ganze zieht sich ewig hin. Mein Notendurchschnitt ist zwar nicht so gut wie Deiner, aber doch immerhin vorzeigbar. Ich hab mich für München beworben, aber noch keine Zusage. München ist meine erste Wahl. Da wäre ich nah an meinen Bergen, kann im Winter Ski fahren und im Sommer mit dem Surfbrett am

Starnberger See oder Ammersee rumhängen (falls ich nicht in der Anatomie Leichen aufschneiden muss . . .).

Im Augenblick hab ich einen Job in Würzburg, in einem Callcenter, für sieben Euro die Stunde. Nicht gerade der Hit, aber besser als nichts. Ich dachte schon oft daran, Dich anzurufen, aber ich hab mich nicht getraut. Weil ich einfach nicht weiß, wie Du jetzt zu mir stehst.

Wenn Du Lust hast, kannst Du mir ja mal eine Lagebeschreibung Deiner Psyche geben. Was Du so machst, wie Du zu Deinem Studium stehst. Ich muss oft daran denken – irgendwie wird mir das jetzt erst richtig klar –, dass Du ja zwei Jahre jünger bist als alle, die mit Dir jetzt im ersten Semester sind.

Seit Du nicht mehr hier bist, fehlt mir echt etwas. Wir veranstalten einmal im Monat sentimentale Jahrgangstreffen und da tun wir auf einmal so, als sei die Schule superklasse gewesen und unsere Lehrer großartige Genies, dabei haben wir sie während der Schulzeit so ätzend gefunden. Ich weiß nicht, was mit uns los ist.

Auf einmal sind alle so gefühlsduselig und haben Angst vor dem, was kommt.

Ich versuche, das ganz pragmatisch zu sehen. Entweder sie nehmen mich in München oder sie nehmen mich nicht. Dann studier ich eben in Graz. Auch eine schöne Stadt. Aber noch weiter von Hamburg weg. Äh, also, eigentlich . . . ja, was eigentlich?

Eigentlich wollte ich mich bei Dir entschuldigen für meine ruppige Abschiedsmail. So geht es ja gar nicht, das weiß ich inzwischen selbst. War wirklich uncool von mir und ich hab mich dafür schon gehasst, als ich die Mail abgeschickt hab. Wollte sie eigentlich zurückrufen, bin sozusagen durchs Internet geschwommen, mit ausgestreckten Armen, hab die Mail fast gegrabscht, dann war sie schon weg.

Ich wollte mich gleich entschuldigen, aber nicht mal das hab ich auf die Reihe gekriegt, ein Gefühlschaos, ich war ziemlich von der Rolle und konnte mich selbst nicht leiden. Und Du hältst mich wahrscheinlich für ein egoistisches gefühlloses Arschloch.

Recht hast Du.

Ich hab echt Angst vor unserer Trennung gehabt. Ich meine, Hamburg! Das ist endlos weit weg! Da kann man nicht mal eben hin und her. Und vorher konnten wir uns jeden Tag sehen, wann immer einer Sehnsucht nach dem anderen hatte. Manchmal dachte ich, wir sind wie siamesische Zwillinge. Das war auch ein bisschen too much.

Es war so toll, dass wir uns immer sehen konnten, wann wir Lust hatten, um alles sofort miteinander zu bequatschen, immer auf kurze Distanz.

Ich habe eine Fernbeziehung noch nicht ausprobiert. Und ich glaube immer noch, dass es nichts für mich ist.

Aber andererseits fehlst Du mir so sehr!

Jetzt denkst Du, was für ein Arschloch.

Oh, Mann. So eine verfahrene Situation.

Ich hab Deine Mutter wie gesagt – oder hab ich's nicht gesagt? – gestern auf dem Bahnhof gesehen und prompt in der

Nacht von Dir geträumt. Beim Aufwachen ging es mir echt schlecht.

Vielleicht findest Du das alles jetzt hirnrissig. Dann vergiss es. Oder, im günstigsten Fall: Kannst Du Dir vorstellen, Dich mit mir zu versöhnen? Ich meine, dass wir weiterhin einfach Freunde sind?

Das müsste doch gehen, auch auf die Entfernung.

Dass wir miteinander in Kontakt bleiben und uns etwas erzählen von unseren Plänen, was wir so machen und überhaupt.

Was meinst Du?

Neulich hab ich einen Satz gelesen, der mir gut gefallen hat: So viele Freunde hat niemand, dass er fahrlässig auf einen verzichten kann.

Alles Gute jedenfalls.

Und, wie gesagt: Ich würde mich freuen.

Immer, Dein Justus. ☺ ☺ ☺


Katharina druckt die Mail aus, faltet den Bogen zusammen und legt ihn in ihr Buch über die »Grundlagen der modernen Pädagogik«.

Sie rollt ihre Isomatte auf und beginnt mit ihrem Abend-Gymnastik-Programm. Bauch – Beine – Po. Eine halbe Stunde intensives Krafttraining. Da schwitzt sie Wasser aus, da trainiert sie wieder eine Speckschicht ab. Jede Trainingseinheit kann man umrechnen in Kalorien. Pro halbe

Minute ein Gramm Fett weniger. Sie arbeitet sich ab. Sie kämpft gegen ihre Müdigkeit, gegen ihre Erschöpfung, gegen ihre Wut.

Sie will nicht an Justus denken. Justus hat das gar nicht verdient, dass sie sich um ihn auch nur noch eine Sekunde länger Gedanken macht. Das Kapitel ist abgeschlossen.

Wahrscheinlich steckt er mit ihrer Mutter unter einer Decke. »Schreib Katharina doch mal«, wird sie gesagt haben. »Ich mach mir Sorgen um sie.«

Aber Mitleid, das ist das Letzte, was sie von diesem Arschloch braucht.

Katharina macht Liegestütze, bis die salzigen Schweißtropfen ihr in den Mund laufen. Dann bleibt sie eine Weile liegen, mit pochendem Herzen und rasendem Puls, die Nase in die Isomatte gedrückt.

Sie zieht sich aus, legt sich aufs Bett, kreuzt die Arme hinter dem Kopf und betrachtet die Lichter, die über die Zimmerdecke laufen. Auf der Straße ist immer Bewegung, Scheinwerfer werden auf- und wieder abgeblendet, ein Krankenwagen rast mit heulender Sirene auf eine Kreuzung zu, ein Lieferwagen lässt scheppernd die Ladeklappe herunter.

Ich antworte ihm nicht, denkt Katharina. Da kann er lange warten. Der will bloß sein schlechtes Gewissen beruhigen. Hören, dass ich ihm nicht böse bin. Es geht ihm also schlecht. Na und?

Weiß er eigentlich, wie schlecht es mir gegangen ist? Wie ich mich gefühlt hab?

Erst eine Mail schreiben, danke, das war's und tschüss, und dann, nach zehn Wochen, schreiben: Oh, äh, entschuldige, war gar nicht so gemeint. Jedenfalls nicht so, wie es da stand. Oder war es doch so gemeint?

Und jetzt will er, dass wir Freunde bleiben?

Ich hab dich geliebt, du Idiot! Ich hatte Schmetterlinge im Bauch! All das Zeug, von dem sie reden, wenn es um die erste, um die wahre Liebe geht! Ich wollte mit dir zusammen sein, im Sommer, im Herbst, im Winter und das ganze nächste Jahr!

Immer.

Ich dachte, du hast das auch so gemeint.

Aber du wolltest dir die Freiheit schaffen, dich in jemand anderes zu verlieben, eine Frau, die griffbereit ist, die jederzeit zur Verfügung steht. Tut mir leid. Pech gehabt, du interessierst mich nicht mehr. Ich hab dich abgebucht. Abgeschrieben. Ich lass mir nicht so wehtun.

Nicht mehr – das ist lange vorbei.

Unwillkürlich denkt sie an Mike, auch von Mike will sie sich nicht wehtun lassen.

Mike und Lilja sind an diesem Abend zusammen. Sie

sind vielleicht in Mikes Bude, liegen vielleicht auf seinem Bett. Mike fasst Lilja vielleicht gerade an, sie küssen sich. Nein.

Schluss.

Ich mach mich ja selbst verrückt. Lieber an die Uni denken. An das Seminar. Was hatte sie noch für ein Thema für ihr erstes Referat gewählt? Nicht einmal das Thema fällt ihr jetzt ein.

Katharina wälzt sich im Bett herum, zerknüllt das Kopfkissen, klopft es wieder glatt.

Sie hat einen leeren Bauch. Manchmal bereitet der chronische Hunger ihr richtige Schmerzen.

Gegen diese Schmerzen gäbe es ein einfaches Mittel: etwas essen. Ein Stück Brot, eine Scheibe Wurst, eine Tasse Brühe. Einfach nur einen Brühwürfel mit Wasser aufgießen, vielleicht ein Ei hineinschlagen. Das Eiweiß gerinnt sofort, das Eigelb schwimmt in seiner Hülle und wartet darauf, auf den Löffel genommen und im Ganzen hinuntergeschluckt zu werden.

Katharina kann auf einmal an nichts anderes als an eine Tasse Hühnerbrühe denken. Oben im Küchenschrank sind Brühwürfel. Eier haben sie auch.

Katharina schlägt die Bettdecke zurück und tapst in den Flur. Sie trägt nur ihren Slip. Ihre nackten Füße klatschen auf den Boden. Sie knipst die Flurlampe an. Wie immer liegen Zoes Sachen in einem Haufen mitten im Flur. Mechanisch bückt Katharina sich und legt die Sachen zusammen. Sie stinken nach Rauch.

Katharina geht in die Küche und öffnet die Kühlschranktür. Da stehen zwei Joghurts. Die gehören Lilja, Magermilchjoghurt. Im Gemüsefach eine Salatgurke, eine Paprika, eine Schale mit Cherry-Tomaten. Die schmecken schön süß. Aber auch so eine kleine Tomate hat Kalorien. Katharina hat die Tomaten gekauft, weil ihr das leuchtende Rot im Supermarkt so gefallen hat.

Sie nimmt eine heraus, spült sie ab und steckt sie in den Mund. Ihr Zahnfleisch tut jetzt manchmal weh, aber das Fruchtfleisch der Tomate ist wie Balsam. Sie kaut langsam, bedächtig, mit geschlossenen Augen.

Ah, wie gut das tut.

Sie nimmt noch eine kleine Tomate, eine dritte.

Sie bildet sich ein, dass die Magenschmerzen schon nachlassen.

Sie öffnet den Vorratsschrank. Im unteren Fach steht die Keksdose, die ihre Mutter mitgebracht hat. Eine große Blechdose mit weihnachtlichen Motiven. Katharina holt die Dose heraus. Auf dem Deckel ein Weihnachtsmann auf einem Schlitten, der von einem weißen Hirsch gezogen wird, auf der einen Seite Engel, auf der anderen ein verschneites Dorf.

Als Katharina ein Kind war, hat sie oft mit ihrer Mutter zusammen gebacken. Katharina war dann immer von oben bis unten mit Teig beschmiert, aber ihre Mutter hat nur gelacht und ihr einen Kuss auf die mehlige Nase gegeben.

Sie zieht das Klebeband ab, öffnet den Deckel. Da liegen Vanillekipferln schön ordentlich aneinandergereiht auf einem Blatt Pergamentenpapier, und wenn man die Ecke anhebt, liegen darunter Haselnussplätzchen, eines ebenso rund und honiggelb wie das andere, und dann kommen Pfeffernüsse, mit Bitterschokoladenguss, und darunter eine Lage Mandelmakronen, jeweils mit einer kandierten Kirsche als Verzierung. Katharina kann sich kaum sattsehen. Sie beugt sich vor, sie schnuppert und der ganze Duft von Mehl und Safran, Vanille und Zimt, von Honig und Butter steigt ihr so in die Nase und durch die Nase in das Gehirn, dass ihr ganz schwindlig wird und sie sich hinsetzen muss.

Es duftet wie daheim, wie früher zu Hause in der Hofküche zur Adventszeit: Plätzchenduft und dazu der Adventskranz aus frischer Tanne, selbst geflochten, voller roter, dicker Kerzen. Katharina wollte immer, dass alle vier Kerzen gleich am ersten Advent angezündet werden.

Katharina nimmt ein Vanillekipferl. Sie beißt andächtig

ein winziges Stückchen ab. So andächtig, wie sie bei der Kommunion die Hostie aus der Hand des Pfarrers in Empfang genommen hat. Er hat ihr die Hostie auf die Zunge gelegt und sie hat lange nicht gewagt, den Mund um dieses hauchdünne Gebäck zu schließen. Nachher hat es nach gar nichts geschmeckt. Das war eine gewisse Enttäuschung.

Die Vanillekipferln ihrer Mutter sind aus feinsten Zutaten, bestehen nur aus Mandeln und Butter, werden nicht durch Mehl zusammengehalten, sind in Puderzucker gewälzt. Sie beißt noch ein Stückchen ab, lässt es auf der Zunge schmelzen, zergehen. Spürt jedes einzelne Vanillezuckerkörnchen auf der Zunge, drückt es gegen den Gaumen, zerquetscht es, nimmt den ganzen Geschmack in sich auf und schluckt es dann erst hinunter.

Was für ein himmlischer Genuss! Überirdisch geradezu. Ihr Magen zieht sich vor Begierde zusammen, ihre Lippen öffnen sich wie von selbst und ihre Hand zuckt, um das ganze Kipferl in den Mund zu schieben.

Aber nein.

Sie legt das Kipferl wieder zurück, schließt den Deckel, wickelt das Klebeband hastig quer über die Dose und stellt sie zurück in die hinterste Ecke des Schranks. Knallt die Tür zu, atmet tief durch.

Nimmt ein Glas, füllt es mit Leitungswasser, trinkt.


172

Nicht mehr an zu Hause denken. Nicht an Weihnachten denken.

Zurückgehen in das Zimmer, sich an den Schreibtisch setzen und arbeiten. Sie hat eine riesige Literaturliste, die abgearbeitet werden muss. Ihre Kommilitonen sitzen bis nachts über den Büchern, in der Bibliothek hocken sie, bis Sperrstunde ist. So viele ehrgeizige Leute hat sie noch nie auf einem Haufen gesehen. Hier gibt es Leute, die viel klüger sind als sie, die mehr gelesen und besser nachgedacht haben, Leute, die sich über so viele Dinge Gedanken gemacht haben, von deren Existenz Katharina nicht einmal etwas wusste.

Heute nach dem Seminar ist sie richtig frustriert gewesen, sie hat mehrere Fragen nicht beantworten können und der Seminarleiter hat sich kopfschüttelnd abgewandt. Carolin, die danach drankam, wusste sofort Bescheid. Sie hat Katharina tröstend zugelächelt, aber es kam Katharina so vor, als würden die anderen hinter ihrem Rücken tuscheln und sich über sie lustig machen.

Gleich nach dem Seminar ist sie aus der Uni gerannt und mit der U-Bahn zu ihrem geliebten Secondhandladen gefahren, in dem sie immer mehr Zeit verbringt, obwohl sie es sich finanziell eigentlich gar nicht leisten kann – von der Zeit, die dabei für die Uni verloren geht, mal ganz abgesehen.

Aber ihre Klamotten passen ihr fast alle nicht mehr. Und wenn sie etwas Neues anprobiert, spürt sie es wieder, dieses Glücksgefühl, das sie so dringend braucht.

Denn dann sieht sie den Erfolg, sie kann ihn messen, in Gürtellöchern und in Kleidergrößen.

Ein winziges Oberteil mit kurzen Ärmeln hat sie sich heute geleistet, der seidige Stoff hat sich ganz eng an ihre Rippen geschmiegt. Die Verkäuferin hat ihr noch etwas zum Unterziehen herausgesucht, aus hauchdünnem Stoff, damit sie das Top auch jetzt im Winter tragen kann.

Die anderen, die im Laden rumgestöbert haben, haben ihr neidisch hinterhergeblickt, als Katharina zurück in die Kabine gegangen ist, um sich umzuziehen – zumindest ist es ihr so vorgekommen.

Schwebend leicht und glücklich ist sie nach Hause gekommen. Doch dann war die Mail von Justus in ihrem Postfach und alles war umsonst.

Katharina läuft ins Bad, um sich die Zähne zu putzen. In der Ecke hängt frische Wäsche zum Trocknen.

Es sind Liljas Sachen.

Vorsichtig geht Katharina näher und begutachtet die teuren Klamotten. Sie seufzt. Dagegen erscheint ihr das Top von heute Nachmittag regelrecht billig.

Ihre Hand streicht über die edlen Stoffe. Eine Jeans

hängt auch am Ständer, unwillkürlich beugt sich Katharina vor, um nach der Größe zu schauen.

Size 2, Waist 25. Oh Gott, diese winzig kleine Jeans! Früher hatte Katharina Size 6. Sie hält sich die Jeans an den Körper. Wenn nicht die langen Hosenbeine wären, würde man sie für eine Kinderjeans halten.

Bestimmt hat Lilja sie extra hingehängt, um Katharina neugierig zu machen. Um sie zu beschämen. Um sie zu demütigen.

Nie im Leben wird Katharina in diese Hose passen.

Sie hat ja schon einmal eine von Liljas Jeans probiert. Es ging nicht.

Neidisch betrachtet sie die Hose von allen Seiten. Diese dünnen Beinchen, dieses winzige Bündchen! Wie wenig Stoff das ist, wie leicht.

Zu dem neuen Oberteil würde die klasse aussehen, denkt Katharina. Beides so zart, wie füreinander geschaffen.

Sie rennt in ihr Zimmer, zieht ihren dicken Pullover aus und zerrt sich ihr neues Top über den Kopf. Dann kehrt sie ins Bad zurück.

Katharina setzt sich auf den Wannenrand, streift die Jogginghose ab, steckt ihre Füße in die Jeansbeine, steht auf, zieht die Hose nach oben. Über die Waden, die Knie, beim Oberschenkel bleibt sie kurz stecken, doch als sie die Luft anhält, geht es doch.

Erstaunt zieht sie die Hosen über den Po, zupft ein bisschen und hält wieder die Luft an, um den Hosenknopf zu schließen.

In dem Augenblick schlägt die Wohnungstür zu.

Mit einem Hechtsprung will Katharina zur Badtür, um sie abzuschließen, aber sie stolpert über ihre eigenen Beine, sie ist wie eingezwängt in der engen Hose, es kommt ihr vor, als wäre ihr Blutkreislauf unterbrochen, als würden die Beine absterben. Sie gerät in Panik und fällt der Länge nach hin.

Im Fallen reißt sie ein Zahnputzglas vom Waschbecken. Mit lautem Scheppern fällt es auf den Boden.

Die Tür fliegt auf. Lilja steht da.

Sie trägt eine rote Wollmütze und einen rot-grün gemusterten Schal über einem weißen Teddymantel, den sie mit einem breiten Gürtel in der Taille zusammengeschnürt hat, selbst mit dem Teddymantel hat sie immer noch eine Wespentaille.

Lilja starrt sie an. »Was machst du da?«, schreit sie.

Katharina liegt vor Lilja auf dem Boden.

Peinlich, lächerlich.

Sie versucht, sich aufzurichten, aber das ist in dieser zu engen Hose alles andere als einfach. Sie hebt den Zahnputzbecher auf, zieht sich am Beckenrand hoch, steckt die Zahnbürste wieder in den Becher, richtet sich auf. In ihren Schläfen pocht es. »Hallo«, flüstert sie tonlos. Sie lächelt unsicher. »Ich bin irgendwie ausgerutscht.«

Lilja macht keine Anstalten, Katharina zu helfen.

»Sind das etwa meine Jeans?«, fragt sie fassungslos.

Katharina errötet. Sie verzieht verlegen ihr Gesicht. »Entschuldige. Die lagen hier. Und ich dachte . . .«

»*Was* dachtest du?«

»Na ja.« Katharina breitet die Arme aus und lächelt entwaffnend. »Ich wollte einfach sehen, ob ich da reinpasse.« Sie zieht den Reißverschluss hoch. Es geht auf einmal leichter, als sie geglaubt hat. Sie schaut an sich herunter. »Passt!«, sagt sie erstaunt. »Eben ging's noch nicht, da hätte ich beinah aufgegeben. Und ich dachte immer, du bist viel dünner als ich. Das ist Größe 2, oder?«

»Ja. Aber die passt mir nicht mehr richtig. Die ist zu groß.«

»Zu groß?«, stöhnt Katharina. »Wieso zu groß?«

»Weil ich nicht so fett bin wie du, kapiert? Weil ich dünner bin! Weil ich besser aussehe! Weil die Typen auf mich stehen und nicht auf dich! Und weil ich demnächst eine Setcard für mich erstellen lasse. Als Model. Kapiert?«

Katharina starrt Lilja an. Sie versucht zu begreifen, was sie eben gehört hat.

»Du passt jetzt in Jeansgröße 0?«, fragt sie. »Ist das dein Ernst? Sind die viel enger als diese Hosen?«

»Ja. Superviel enger! Und kannst du meine Hosen sofort wieder hergeben, verdammt noch mal?«

Lilja zittert vor Wut. Sie ist kreidebleich. Plötzlich stürzt sie sich auf Katharina, reißt an ihrem Oberteil, ritzt dabei mit ihren langen Fingernägeln Katharinas Haut auf, sodass dünne, feine Linien zurückbleiben, die sich sofort mit Blut füllen.

»Du tust mir weh!«, schreit Katharina.

Doch Lilja lässt nicht von ihr ab und vor Angst boxt Katharina wild um sich.

»Zieh ... sofort ... meine ... Hosen ... aus!«, keucht Lilja. »Sofort!«

»Mach ich doch! Lass mich bitte los, ja? Wir knallen sonst noch beide auf den Boden.«

»Na, wennschon.«

»Wir tun uns weh!«

»Halt die Schnauze.«

Beide sind vollkommen erschöpft, als Katharina endlich wieder in ihrem Slip auf dem gekachelten Boden sitzt und ihre aufgekratzte Hüfte begutachtet. Auf ihrem Slip und ihrem neuen Top sind Blutflecken.

»Guck dir an, was du gemacht hast!«, schreit Katharina.

So wütend war sie noch nie auf Lilja.

Aber Lilja dreht sich nicht einmal um. Sie hält mit spitzen Fingern ihre Jeans ans Gesicht und zieht eine Grimasse, als ekelte sie sich. »Die stinkt jetzt nach dir!« Sie reißt die Tür der Waschmaschine auf und stopft die Jeans rein. Schüttet Waschpulver in die Trommel, Mengen von Waschpulver. Katharina schaut fassungslos zu. Sie protestiert. »Ich hab die nur eine halbe Minute angehabt!«

»Aber sie stinkt nach dir. Davon wird mir schlecht«, sagt Lilja.

Sie stellt die Maschine an und steigt mit Storchenschritten über Katharina hinweg, knallt die Badezimmertür hinter sich zu.

Katharina bleibt auf dem Boden sitzen, tupft mit Klopapier das Blut ab.

Ihr ist zum Heulen.

Größe 0, denkt sie. Lilja trägt Jeansgröße 0!

Es ist der einzige Gedanke, der in ihrem Kopf Platz hat.

Der sich festkrallt. JEANSGRÖSSE 0!

## 11. Kapitel

*Ich bin müde. Immer bin ich jetzt so müde. Wenn ich nicht so fertig gewesen wäre, ich hätte sie umgebracht, das schwöre ich. Wie sie dastand, mit meiner Jeans, so zerbrechlich, mit diesen scheißschönen Haaren und ihren verdammt großen Augen, da ist eine Angstwelle über mich geschwappt. Richtig Panik hab ich da bekommen.*

*Er geht nicht mehr ans Handy, inzwischen. Ich hab schon alles versucht, sogar Rufnummernunterdrückung, aber er meldet sich nicht. Ich halte das nicht länger aus.*

*»Wenn du noch mehr abnimmst, verschwindest du irgendwann«, hat er einmal wütend gebrüllt.*

*Eigentlich ein schöner Gedanke.*

*Einfach weniger zu werden, ein Nichts zu werden. Bis es irgendwann jemand merkt. Aber dann wird es zu spät sein. Dann bin ich einfach weg.*

Ein paar Tage später geht Katharina mit ein paar Leuten in die Mensa. Angeblich sind italienische Wochen und es gibt Pasta. Auf dem Weg zur Mensa wird nur über das Essen geredet.

Carolin ist dabei, Chris und Jule. Carolin gefällt ihr am besten. Sie hat als Kind viel Ballett gemacht, wollte Primaballerina werden, aber dann hat sie sich einen Kapselriss im Sprunggelenk zugezogen und der Traum vom Ballett war ausgeträumt. Jetzt will Carolin Sonderpädagogik studieren.

Carolin lebt mit Chris zusammen. Die beiden sind ein Paar, seit sie fünfzehn sind, und haben sich dieselbe Stadt fürs Studium ausgesucht. Chris studiert Jura. Mittags gehen sie immer zusammen essen. Sie sind wie ein verheiratetes Pärchen, ganz lustig, oft beneidet Katharina sie um ihr sorgloses Leben.

Nie einsam zu sein, nie Angst zu haben, wie andere über einen denken, sich nie fragen zu müssen, ob man überhaupt von irgendjemandem geliebt wird. Carolin weiß, dass Chris sie liebt, dass Chris für sie durchs Feuer gehen würde.

So einen Freund hätte Katharina auch gern.

Jule geht neben Katharina. Sie ist klein, aber dauernd in Bewegung. Wenn sie spricht, redet sie mit Händen und Füßen. Und sie spricht ständig. Jule ist eine Quasseltante, quatscht immer über Gott und die Welt, hat tausend Themen auf Lager, die sie loswerden will. Gerade regt sie sich über Ganztagsschulen auf, genauer gesagt über das Essen in Ganztagsschulen. Manche Eltern, die von Harz IV leben, können das Mittagessen an einer Ganztagsschule nicht bezahlen. Deren Kinder sitzen dann draußen und essen ihre mitgebrachten Brote.

»Oder gar nichts!«, ruft Jule empört, »während die anderen schön gemütlich in der Cafeteria ihre Pommes verdrücken.«

Bei dem Gedanken an Pommes verzieht Katharina angewidert das Gesicht.

»So was von ungerecht«, sagt Jule. »Das kann doch nicht sein, da muss der Staat dann eben einspringen, oder?«

»Stimmt.« Katharina beobachtet, wie Carolin und Chris sich umarmen, herumalbern und vor ihnen hertänzeln. Immer spürt sie diesen stechenden Schmerz, wenn sie ein verliebtes Pärchen sieht.

Schon ein paar Mal haben die beiden sie zu sich in die Wohnung eingeladen, aber Katharina hat immer eine Ausrede erfunden. Sie hat das Gefühl, dass sie so viel Glück nicht ertragen kann.

Wieso will sie keiner? Was ist an ihr falsch? Ist das nur, weil sie dieses Fett auf den Hüften hat? Weil sie sich keine teuren Klamotten leisten kann?

Ekeln sich Jungs vielleicht vor ihr? Lilja hat gestern gesagt, dass sie sich vor Katharinas Geruch ekelt. Katharina hat sich sofort unter die Dusche gestellt. Und heute Morgen hat sie sich in der Drogerie ein teures Parfüm geleistet.

Sie weiß im Grunde, dass Lilja sie fertigmachen will. Natürlich weiß sie das. Sie erinnert sich an die Zeit vor ihrem Geburtstagsessen. Damals hat sie noch daran geglaubt, dass alles ganz einfach ist. Dass sie nur ein paar Pfund abnehmen und sich eine neue Frisur zulegen muss.

Wie naiv sie doch gewesen ist!

»Oder man müsste die Eltern, die mehr Kohle verdienen, in die Pflicht nehmen«, ruft Jule. »Die müssen dann eben zwei Euro mehr pro Tag für einen Klassenkameraden ihres Kindes abdrücken! Da wird immer so viel von gelebter Solidarität und Nächstenliebe gefaselt! Dabei hat das ja schon Züge einer echten Klassengesellschaft! Das ist eine Spirale, die du nicht mehr aufhalten kannst, wenn sie erst mal in Gang gekommen ist!«

Sie schaut Katharina an, die eine ganze Weile schon nichts gesagt hat. »Hörst du mir überhaupt zu?«, fragt Jule.

Katharina nickt. Eifrig. »Klar, ich hab zugehört«, murmelt sie.

Jule baut sich vor Katharina auf, sodass Katharina stehen bleiben muss, und schaut ihr in die Augen. »Nein«, sagt sie, »du hast nicht zugehört.« Sie wedelt mit ihren kleinen Händen vor Katharinas Gesicht herum. »Woran denkst du immer?«

»Ich hab ans Essen gedacht«, sagt Katharina. »An das Essen in der Mensa. Ich glaub, ich hab keinen Hunger.«

»Na klar hast du Hunger, es ist halb zwei. Jeder Mensch hat um diese Zeit Hunger. Es gibt vielleicht Lasagne. Oder diese leckeren Ravioli mit Spinatfüllung.«

Chris bleibt stehen, er verdreht entzückt die Augen. »Die waren superlecker, oder? Hast du die gestern auch gegessen?«

Katharina stellt sich Ravioli vor und Lasagne. Die cremige Füllung, der feste, nussartige Teig. Sie stellt sich vor, wie die Spinatfüllung der Ravioli sich am Gaumen anfühlt.

Ihr wird fast schlecht vor Hunger.

Als sie durch die Drehtüren in den riesigen Speiseraum treten und sich suchend nach einem freien Platz umschauen, greift Carolin plötzlich nach Katharinas Arm. Sie deutet auf einen langen Tisch am Fenster.

»Ich glaube, der Typ meint dich!«, sagt sie.

Katharina folgt ihrem Blick.

Da winkt jemand. Stimmt. Ein Junge steht auf, er winkt

mit beiden Händen. Und strahlt. Und ruft hektisch irgendetwas, das sie nicht versteht.

»Kennst du den?«, fragt Carolin neugierig.

Katharina wird rot.

Es ist Mike! Und Carolin hat recht. Er meint ganz eindeutig sie.


Katharina zögert, doch bevor sie sich entscheidet, kommt Mike ihr entgegengelaufen und umarmt sie stürmisch, so stürmisch, dass sie fast das Gleichgewicht verliert.

Mike hat nur Augen für sie. Es ist, als würde er Carolin, Chris und Jule überhaupt nicht wahrnehmen.

»Hast du dich also endlich einmal durchgerungen!«, sagt er fast zärtlich, als er sie auf den freien Platz neben seinem Stuhl lotst. »Ich dachte schon, ich sehe dich hier nie mehr.«

Katharinas Freunde stehen immer noch abwartend in einiger Entfernung. Katharina winkt sie herüber und stellt sie vor. »Das sind Carolin und Jule, die sind beide in meinem Seminar.«

»Grundlagen und Erkenntnisse zum heutigen Stand der Erziehungswissenschaft!« Carolin verdreht die Augen, aber sie lacht, als sie Mike die Hand gibt. »Klingt spannend, was?«

»Du hast es dir ausgesucht«, grinst Mike zurück. Sein Arm liegt immer noch auf Katharinas Schulter.

»Und ich bin Chris«, stellt Chris sich selbst vor, als er Mike die Hand hinstreckt.

Sie setzen sich, legen ihre Taschen und Bücherstapel ab und wechseln ein paar belanglose Worte. Als Katharina ihre Jacke auszieht, wendet sich Mike ihr sofort zu.

»Hey, ich dachte schon, du bist nur so was wie eine Fata Morgana. Ein Lichtgespinst oder so.«

Katharina wird rot. Ein Lichtgespinst! So hat sie noch niemand bezeichnet.

»Und? Was hast du die ganze Zeit getrieben?«, fragt Mike. »Wieso kriegt man dich nie zu Gesicht?«

»Ich war hier«, sagt Katharina. »Ich hab gelernt. Vorlesungen, Seminare, Gruppenarbeiten, all so was. Ist schließlich Semester, oder? Du warst doch weg.« Sie schluckt, lächelt tapfer. »Ich hab schon gehört, wie schön es auf Sylt war.«

Mike öffnet den Mund, schaut Katharina an, runzelt die Stirn. »Superschön? Wer hat das gesagt?«

»Lilja.«

»Wann hat sie das behauptet?«

»Na, als sie zurückgekommen ist. Sie war ja ganz . . .«, hilflos breitet Katharina die Arme aus. Sie stellt sich noch einmal Lilja im Schaumbad vor. »Sie war hin und weg. Völlig euphorisch.«

Mike starrt Katharina fassungslos an.

Carolin beugt sich vor. »Wir holen uns eben was zu essen.« Sie zwinkert Katharina zu und ihr Gesichtsausdruck lässt den Rückschluss zu, dass sie Mike gut findet.

»Okay.« Katharina lächelt verlegen.

»Sollen wir dir was mitbringen?«

»Ich hab keinen Hunger«, erwidert Katharina schnell.

»Hey, natürlich hast du Hunger!«, ruft Mike. »Es sind italienische Wochen! Das Beste, was die Mensa im ganzen Uni-Jahr zu bieten hat.« Er nickt Carolin zu. »Wir beide kommen gleich nach.« Es klingt, als habe er das Recht, für sie mitzusprechen. Als wären sie eine Person.

»Also noch mal von vorne«, sagt Mike. »Lilja hat behauptet, es sei schön auf Sylt gewesen?«

»Ja. Superschön.«

Mike lacht bitter auf. Und schüttelt gleichzeitig ungläubig den Kopf.

»War es denn nicht schön?«, fragt Katharina.

»Es war, gelinde gesagt, die Hölle!« Mike fährt sich durchs Haar. »Lilja und ich haben ja schon eine ganze Weile Probleme. Das hast du vielleicht bemerkt.«

Wie denn, denkt Katharina. Ich hab euch doch nie mehr zusammen gesehen. Man sieht doch überhaupt niemanden in dieser verdammten WG. Ihr fällt ein, dass Zoe neulich meinte, in der WG zu leben, komme einer Isolationshaft gleich. Das war wohl als Witz gemeint. Klang aber nicht so. Schon gar nicht für Katharina, die manchmal tagelang in der Wohnung nichts anderes sieht als ihren eigenen Schatten.

»Die Frau ist total gestört! Lilja braucht einen Arzt. Oder aber einen vernünftigen Therapeuten und nicht diesen selbst ernannten Guru, zu dem sie geht. Ich hab jedenfalls keine Lust mehr, ihren Psychiater zu spielen.«

»Wieso denn krank?«, fragt Katharina.

»Hast du sie dir mal genauer angeguckt?«, ruft Mike. »Wie mager sie ist? Wenn du sie nackt siehst, vergeht dir alles! Lilja ist doch nur noch Haut und Knochen! Weißt du, ich hab nächtelang geheult, damals, in der Schule, als wir uns den Film angeguckt haben von der Befreiung der Konzentrationslager am Ende des Zweiten Weltkrieges. Diese ausgemergelten Hungergestalten. Es war so schrecklich. Erinnerst du dich?«

Katharina nickt. Sie hatte mit ihrer Klasse das Konzentrationslager Auschwitz besucht. Nie im Leben wird sie die Fotos vergessen, Gesichter, die nur noch aus riesengroßen Augen bestanden. Augen, in denen man alles lesen konnte – das Elend, die Demütigungen, den Hunger, die verzweifelte Hoffnung, die Todesangst.

»Wir waren in Auschwitz«, sagt Katharina leise. Sie senkt den Kopf. »Furchtbar.«

»Siehst du! Genau das meine ich! Diese Menschen mussten unter unmenschlichen Bedingungen dahinvegetieren. Sie hatten keine Chance! Aber Lilja macht das freiwillig, verstehst du? Sie *will* so aussehen! Sie *will* ihren Körper ruinieren! Wenn ich sie vor den Spiegel zerre und frage, ob sie sich umbringen will, weißt du, was sie dann macht?« Er holt tief Luft. »Dann lacht sie! Sie lacht! Sie sagt, es gehe ihr gut! Aber das ist eine Lüge! Eine von hundert Lügen, aus denen sie sich eine neue Welt gebaut hat. Aber diese Welt ist ungefähr so stabil wie ein Kartenhaus.«

Katharina hat verwirrt zugehört. Sie zögert. Sie weiß nicht, was sie denken soll.

Wieso ist es ihr nicht aufgefallen, dass Lilja zu dünn ist? Wieso hat sie Liljas Schlankheit für das ideale Schönheitsmaß gehalten? Hat Mike denn überhaupt recht mit dem, was er da sagt? Alle Models sind doch spindeldürr. Neulich hat sie sich im Fernsehen eine Modenschau angesehen. Alta Moda, wie die Haute Couture so schön in Italien heißt: Gucci, Prada, Armani, Versace, Dolce & Gabbana. Die Models hatten so dünne Beine wie Lilja. Hatten eingefallene Wangen wie Lilja. Ihre Schulterknochen haben ausgesehen wie Hühnerknochen, genau wie bei Lilja, die Hüftknochen konnte man durch die dicken Stoffe sehen, manche staken hervor wie Garderobenha ken. Aber das Publikum hat geklatscht, hat wie verrückt applaudiert!

»Ich hab Lilja gefragt«, sagt Mike, »was sie glaubt, warum sie immerzu friert. Dir ist doch auch aufgefallen, dass ihr ständig kalt ist?«

Katharina schüttelt den Kopf.

»Und sie hat überhaupt keine Puste mehr! Sie wird immer schwächer! Sie schafft keinen Kilometer Strandlauf mehr! Da schnauft sie wie eine Rentnerin.«

Katharina muss lachen, aber Mike redet sich in Rage.

»Was sag ich, keine hundert Meter schafft sie. Wenn sie bei euch die Treppen hochgeht, muss sie zweimal stehen bleiben! Weil sie drei Stockwerke auf einmal nicht mehr schafft! Findest du das normal? Die Frau hungert sich zu Tode!«

Katharina ist verstummt. Sie sitzt mit ihren Händen zwischen den Knien und starrt auf die Kunststoffplatte des Tisches.

Ihr Kopf ist heiß, ihr wird schwindelig.

»Ich hab auf sie eingeredet wie auf einen sturen Esel«, sagt Mike. »Ich hab eingekauft, die leckersten Sachen, ich hab sie zum Essen eingeladen. Sie lässt alles zurückgehen! Sie schiebt nur die Brocken auf dem Teller hin und her. Ein Salatblatt isst sie, wenn es hochkommt! Du kannst dir nicht vorstellen, was für ein Theater sie veranstaltet hat, weil wir auf Sylt keine Waage haben! Wir mussten noch am gleichen Tag los und eine kaufen. Sie hat sich dreimal am Tag gewogen! Hat einen Apfel gegessen und sich hinterher gewogen!« Mike atmet einmal kurz durch. »Sie hat gesagt, du frisst ja wie ein Scheunendrescher, wenn ich mal eine Scheibe Brot gegessen habe. Sie hat zugeguckt, als würde sie der Anblick von Menschen bei der Nahrungsaufnahme ekeln.«

Katharina lächelt. Sie muss an den Käsekuchen denken, es ekelt sie nicht, wenn sie etwas Essbares sieht. Überhaupt nicht. Eher im Gegenteil, sie hat ständig Hunger, ihr Magen ist immer ein großes Loch, das gefüllt werden möchte.

Sie ist nicht wie Lilja. Sie ist anders. Sie schaut auf.

»Es tut mir leid, dass es so schlimm war«, sagt sie, »mir ist das noch nicht aufgefallen.«

»Was glaubst du, wie sie mich die ganze Zeit belogen hat. Wenn sie kam, hat sie immer gesagt, sie hat schon gegessen. Wenn wir uns mit Freunden trafen, um etwas zusammen zu kochen, dann hat sie Ausreden gehabt, warum sie nicht mitkommen kann. Manchmal hat sie selber gekocht und war immer so eifrig in der Küche, hat Rezepte gewälzt, ich dachte, Essen macht ihr Spaß. Dabei hat sie heimlich ihre Portion in den Müll getan. Ich sag dir, ich bin einfach völlig fertig. Das kann man nicht aushalten.

Die Frau ist krank! Die geht kaputt!« Er holt tief Luft. »Glaubt Lilja denn ernsthaft, ich finde das attraktiv? Meint sie etwa, dass ich darauf stehe, mit einem Knochengerüst zusammen zu sein?« Seine Stimme ist voller Zorn. »Sag mal ehrlich: Denkst du, dass unsere Freunde begeistert sind, wenn jemand wie Lilja dabei ist, der einem jeden Spaß verdirbt?« Er wartet die Antwort nicht ab, sondern schüttelt nur den Kopf. »Nein, das denkst du natürlich nicht. Dazu bist du zu vernünftig.«

Katharina starrt ihn an. Seine Worte treffen sie, Schlag für Schlag.

Denn genau das ist es, was sie immer geglaubt hat.

Dass Lilja attraktiv und glücklich ist und von allen geliebt wird.

Weil sie so zart und dünn und hübsch ist.

Ihr kommen wieder die Bilder in den Sinn – Lilja und Mike vor dem Porsche, wie er sie aufhebt, federleicht, wunderschön.

Sie kann sich doch nicht so getäuscht haben, oder?

Da fällt ihr ein, was Lilja damals an ihrem Geburtstagsessen gesagt hat.

Sie sieht zu Mike hinüber. »Lilja hat mal von deiner ersten Freundin erzählt«, sagt sie vorsichtig. »Dass die richtig fett war, mit dicken Hüften und Doppelkinn. Und dass du dich irgendwann nur noch vor ihr geekelt hast.«

Mike erstarrt mitten in der Bewegung, als könne er nicht glauben, was er da hört. »Was soll ich . . .?« Er schüttelt den Kopf. »So ein Schwachsinn! Bea war doch nicht fett! Sie war ganz normal! Und ich habe mich ganz bestimmt nicht vor ihr geekelt.« Er lacht auf, ist völlig fassungslos. »Das gibt es nicht«, murmelt er.

Plötzlich erwacht er aus seiner Erstarrung, als sei ihm etwas Wichtiges eingefallen. Er steht auf, fasst Katharina am Arm und zieht sie hoch. »Ach, was rede ich hier die ganze Zeit über Lilja und mich, du hast ja noch gar nichts zu essen. Komm, wir holen dir etwas vom Buffet.«

Katharina hatte eigentlich nicht vorgehabt, etwas zu essen. Sie wollte nur einen Tee trinken. Sie sieht Carolin, Chris und Jule in der Schlange vor der Kasse, auf ihren Tabletts aufgehäufte Teller.

Mike nimmt zwei Tabletts vom Stapel, reicht Katharina eines.

»Ich denke, du hast schon gegessen«, sagt Katharina.

»Zur Feier des Tages genehmige ich mir einen zweiten Gang.« Mike lacht. »Mein Gott, ich freu mich so, dass ich dich treffe. Du hast mir richtig gefehlt.«

Katharina wird rot, auch sie freut sich, aber sie will nicht, dass Mike es merkt.

»Einfach jemand, der normal ist«, sagt er.

Katharina denkt, er sieht gar nicht, wie dünn ich bin. Er sieht nicht, dass ich abgenommen habe.

Er findet mich normal. Nicht so wie Lilja. Ist das jetzt gut oder ist das schlecht?

Sie weiß nicht mehr, wo ihr der Kopf steht. Sie weiß überhaupt nicht mehr, was sie denken soll.

Vorhin hat er gesagt, wie hässlich er Lilja findet. Aber wieso war er dann so lange mit ihr zusammen? Auf der Party hatte es nicht so ausgesehen, als ob er sich schämen würde, mit einem Knochengestell gesehen zu werden.

Ihre Mutter hat sofort gemerkt, wie viel sie abgenommen hat. Wieso merkt er es nicht?

Guckt er mich überhaupt richtig an? Bestimmt hat er immer nur Lilja im Kopf. Würde er so viel über sie reden, sich so aufregen, wenn er sie nicht mehr liebt? Ich darf mir nichts einbilden.

Unter den Augen von Mike häuft Katharina sich den Teller voll, sie weiß genau, dass sie diese Riesenmahlzeit niemals schaffen wird, aber es ist jetzt egal. Vor Mike will sie so normal wie möglich erscheinen. Sie tragen ihre Tabletts zum Tisch zurück, Carolin, Chris und Jule essen schon und nicken nur fröhlich, als Mike und sie gegenüber Platz nehmen. »Schmeckt superlecker«, sagt Chris fröhlich.

»Sieht man«, Mike grinst. »Du hast Spaghettisoße am

Kinn.« Chris wird rot und greift hastig nach seiner Serviette. Jule lacht und leckt genießerisch ihre Gabel ab. »Ich liebe dieses Tiramisu!«, schwärmt sie.

»Ich war ein paarmal bei euch in der Wohnung«, sagt Mike zu Katharina, »hab immer in dein Zimmer geschaut. Aber du warst nie da.«

»Und ich dachte, du kommst nicht mehr, weil du mir aus dem Weg gehen willst«, sagt Katharina.

Mike starrt sie an. »Wieso sollte ich dir aus dem Weg gehen?«

Katharinas Gesicht glüht, ihr Herz schlägt schneller, sobald sein Blick auf ihr ruht.

»Keine Ahnung«, sagt sie hilflos. »Ich weiß auch nicht. Irgendwie ist alles so komisch.«

»Was ist komisch?« Immer noch sein bohrender Blick.

Katharina wird feuerrot. »Lilja und ich haben ein Problem«, sagt sie. Und stockt.

»Ach ja?«

»Sie hasst mich. Sie ärgert sich, dass ich die Miete ein halbes Jahr im Voraus bezahlt habe. Ich glaube, sonst hätte sie mich schon rausgeschmissen.«

»Aber warum sollte sie dich hassen? Du bist supernormal, supernett, siehst toll aus und bist die Einzige, die sich in der Wohnung nützlich macht. Mann, sie soll sich freuen, dass sie jemanden wie dich hat!«

»Zoe ist auch noch da«, sagt Katharina.

»Ja, aber die sucht ihr Heil nur noch in der Flucht.« Er macht eine Pause und fügt hinzu. »Genau wie ich.«

Katharina hält den Atem an. »Was? Wie meinst du das?«

»Ich hab Schluss gemacht.«

Katharina reißt den Mund auf und starrt Mike an. »Was hast du gemacht?«

»Hat sie das nicht erzählt? Zwischen Lilja und mir ist es aus.«

Katharina schüttelt den Kopf. »Ganz im Gegenteil, sie hat so getan, als wenn ihr … als wenn … na ja«, sie fuchtelt hilflos mit den Armen. »Ach, du weißt schon.«

»Oh ja!« Mike nickt grimmig. »Sie war immer schon eine gute Schauspielerin. Ich kann mir vorstellen, dass sie das verheimlicht hat. Oder verdrängt. Sie ist ja auch ganz groß im Verdrängen. Sie spielt sich selber Theater vor, weißt du, sie schickt mir jeden Tag zehn SMS und tut so, als sei alles in Ordnung, aber ich antworte nicht mehr.«

Katharina steckt sich eine Ravioli in den Mund, mit Spinatfüllung. Mmm. Lecker. Sie isst langsam, kaut bedächtig. Mike achtet nicht auf sie, er ist aufgewühlt, die Sache mit Lilja geht ihm offensichtlich nah.

»Als ich zu Lilja gesagt hab, ich kann nicht mehr, wir machen Schluss, war sie natürlich erledigt, hat stundenlang geweint, hat gesagt, sie liebt mich, ihr Leben habe ohne mich keinen Sinn mehr. Aber ich hab gesagt, das ist Unsinn: Du liebst mich nicht. Du liebst nur dich, du liebst deinen Körper oder irgendein Schönheitsideal, keine Ahnung. Du liebst deinen Körper, aber du zerstörst ihn. Weißt du, wie oft am Tag ihr so schwindlig ist, dass sie fast das Bewusstsein verliert?«

Katharina schüttelt erschrocken den Kopf. Sie steckt eine weitere Ravioli in den Mund, kaut hastig.

»Einmal hab ich sie neben dem Bett gefunden. Auf dem Fußboden, zusammengekrümmt. Ein Häuflein Elend! Sie war zu schwach, um wieder aufzustehen! Stell dir das vor! Eine gesunde junge Frau von neunzehn Jahren! Kann nicht mehr aufstehen, weil ihr so schwindlig ist! Weil sie zu schwach ist. Wovon soll ihr Körper sich auch ernähren? Und dann hab ich gesehen, wie sie Wattebällchen mit Orangensaft getränkt und dann geschluckt hat. Nur um irgendetwas im Magen zu haben! Kannst du dir das vorstellen? Kein Wunder, dass ihr Körper sich aufzehrt. Sie kann sich kaum noch konzentrieren, ich glaube, deswegen geht sie auch nicht mehr zur Uni.«

Katharina lässt die Gabel fallen. »Lilja geht nicht mehr in die Uni?«

Mike nickt grimmig. »Das hat sie mir gestanden, auf Sylt. Sie findet das Studium zu anstrengend. Sie bekommt beim Lesen Kopfschmerzen, beim Nachdenken sowieso. Ihr wird übel bei den Vorlesungen und schwindlig auf dem Weg zur U-Bahn. Aber sie leugnet, dass es etwas mit ihrem gestörten Essverhalten zu tun hat. Sie ist unbelehrbar! Ich hab ihr gesagt, ich rede erst wieder mit ihr, wenn sie beim Arzt war.«

»Und?«

Mike schüttelt den Kopf, zuckt mit den Schultern. »Nichts. Nada. Niente. Sie sagt, sie sei gesund, sie brauche keinen Arzt. Also, wenn einer dringend einen Arzt braucht, dann Lilja.«

Katharina ist vollkommen überrumpelt von Mikes Erzählungen. Ihr schwirrt der Kopf.

Sie stochert im Essen herum, ab und zu würgt sie einen Bissen hinunter und hält dabei die Hand vor den Mund, weil sie es nicht mehr gewöhnt ist, dass jemand ihr beim Essen zuschaut. Essen ist für sie fast etwas Unanständiges geworden, das nicht in die Öffentlichkeit gehört. Ihr Magen ist an solche Mengen nicht mehr gewöhnt. Sie muss immer wieder aufstoßen, und das ist noch peinlicher. Längst haben die anderen ihre Teller geleert, den Nachtisch verspeist, Jule holt sich einen Kaffee.

Carolin und Chris unterhalten sich leise, sie versuchen nicht, neugierig das Gespräch zu belauschen. Dafür ist Katharina dankbar.

Mikes Handy klingelt. Er nimmt es aus seiner Hosentasche, schaut kurz auf das Display, steckt es dann wieder weg.

Katharina wagt nicht zu fragen. Sie wartet einfach ab.

»Das war sie wieder«, er reibt sich die Stirn. Verzieht gequält das Gesicht.

»Aha.«

»Fragt, ob wir uns heute sehen. Dabei weiß sie genau, dass wir uns nicht sehen. Wieso geht das nicht in ihren Kopf?«

Weil ihr Kopf so leer ist wie ihr Bauch, denkt Katharina.

Plötzlich, zum ersten Mal, empfindet sie so etwas wie Mitgefühl mit Lilja, sie stellt sich vor, wie Lilja irgendwo in der weihnachtlichen Stadt unterwegs ist, nicht nach Hause gehen kann, weil sie vortäuschen muss, dass sie noch die Uni besucht.

Lilja mit ihrem ausgemergelten Körper, umgeben von weihnachtlichen Gerüchen, Zimtsterne und Glühwein, Lebkuchen und Currywürste auf dem Grill, Weihnachtsmärkte, wo Mandeln gebrannt und Hähnchen gegrillt werden. Wahrscheinlich ist ihr unterwegs speiübel oder ihr Magen verkrampft sich vor Hunger so sehr, dass sie deswegen fast zusammenbricht.

Wattebällchen, getränkt mit Orangensaft! Katharina kann es nicht glauben.

»Vielleicht helfen die Weihnachtsferien«, sagt sie zögernd. »Vielleicht sagen ihre Eltern was.«

Mike schüttelt den Kopf. »Ausgeschlossen. Da gibt es irgendwelche komischen Dinge mit ihren Eltern. Ich glaube, die wagen gar nicht, sie auf ihre Magersucht anzusprechen.«

»Du glaubst, sie ist magersüchtig?«

Mike lacht grimmig. »Was denn sonst? Wie würdest du ihre Krankheit denn nennen?«

Katharina wird rot. »Keine Ahnung. Ich weiß nicht. Ich hab . . . ich glaub, ich hab überhaupt nicht nachgedacht.«

Mike steht auf. »Ich brauch noch was zu trinken. Caffè Latte für dich?«

Katharina nickt. Wieso nicht? Wieso keinen Caffè Latte? Milch hat zwar viel zu viele Kalorien, aber heute ist eh schon alles egal.

Ihr schwirrt einfach zu viel im Kopf herum. Sie spürt, dass sie allein sein muss, um klarzukommen. Sie braucht einen Platz, an dem sie in Ruhe nachdenken kann, über das, was Mike gesagt hat.

Mike kommt zurück, er lächelt sie an, stellt ihr den Caffè Latte hin.

»Keinen Zucker?«, fragt er, als sie die Dose zurückschiebt.

»Ich bin keine Süße«, sagt Katharina. Das kommt schon ganz automatisch, stellt sie im gleichen Moment erstaunt fest. Dabei hat sie früher Kaffee ohne Zucker gar nicht runtergebracht.

Mike lacht. »Ach ja? Erstaunlich«, sagt er, »ich find dich ziemlich süß.«

Er zwinkert Carolin und Jule zu, die sich gerade über ein Mädchen unterhalten, das sich an das Ende des Tisches gesetzt hat. Er legt den Arm um Katharina. »Soll ich euch was sagen? Diese Frau hat mir schon von der ersten Sekunde an gefallen.«

»Was war denn die erste Sekunde?«, fragt Katharina.

»Die Bruschettas«, sagt er wie aus der Pistole geschossen. »Du hast die kleinen italienischen Brötchen belegt mit Tomatenwürfeln und Kräutern und so.«

»Und bevor ich fertig war, hast du sie geklaut.«

Sie lachen und rücken automatisch etwas näher zusammen.

Carolin schaut von einem zum anderen und grinst ihnen dann zu. »Man sagt ja, Liebe geht durch den Magen«, sagt sie und lacht.

# 12. Kapitel

Von: KatharinaF@aol.com
An: Justus-Baum@hotmail.com

Hi Justus, oder wie wir in Hamburg sagen: Moin, Moin.
Du musstest ziemlich lange auf eine Antwort warten.
Aber ehrlich gesagt wusste ich auch nicht recht, was ich Dir
schreiben soll. Ich meine, unsere beiden Leben haben irgend-
wie gar keine Berührungspunkte mehr, oder?
Ich hab mich gefragt, was Du Dir dabei gedacht hast, mir so
eine Mail zu schicken. Ich versteh einfach nicht, was Du da-
mit bezweckst.
Möchtest Du nur Dein schlechtes Gewissen beruhigen? Weil
Du Dich wirklich wie ein Arsch benommen hast?
Dann kann ich Dich beruhigen: Ich hab's überlebt. Es geht mir
gut.
Ich bin okay.

Mein Leben ist jetzt anders. Ich habe neue Freunde, andere Interessen, mir weht ein anderer Wind um die Ohren (Nordsee!) und das tut gut.

Und weißt Du, was? Ich bin auch eine andere geworden. Denn ehrlicherweise: Soooo furchtbar glücklich war ich mit Dir dann auch nicht, dass dieser Zustand hätte ewig andauern können. Damals hab ich mir das vielleicht eingebildet, aber ich kannte ja nichts anderes. Der berühmte Tellerrand, über den man nicht rausguckt.

Und deswegen wollte ich unbedingt nach Hamburg.

Apropos Tellerrand: Nenn mich bitte nicht mehr Kathi, hier weiß niemand, dass ich so genannt werde. Hier bin ich Katharina. Der Name passt besser zu mir.

Manchmal träume ich noch von Dir, von unseren Sommernachmittagen am See. Das war echt schön.

Und unsere Fahrradtouren und die heißen Diskussionen über gute Fernsehprogramme und unsere Spaghetti-Orgien und unser Bootssteg im Schilf beim Biergarten und und und ...

Na ja. Wie haben wir in Latein gelernt: Tempora mutantur et nos mutamos in illis. Die Zeiten ändern sich eben und Du bist bestimmt – obwohl du mir davon nichts geschrieben hast – inzwischen neu verliebt. Wie heißt sie? Kenne ich sie?

Früher hab ich mal gedacht, wir würden supergut zusammenpassen. Aber man kann sich so täuschen, immer wieder denke ich jetzt daran, dass man den anderen eigentlich gar nicht so gut kennt, wie man glaubt.

Weihnachten bin ich natürlich zu Hause bei den Eltern.

Du auch?

Falls Du Lust hast, können wir uns kurz sehen.

Ich komme am 22. abends mit dem Zug. Wahrscheinlich fahre ich Sylvester wieder zurück, ich bin hier zu einer Party bei einem Freund eingeladen. Meine Eltern hätten natürlich am liebsten, dass ich bis zum 6. Januar bleibe. Obwohl die letzte Silvesterfete ja nicht gerade prickelnd war. Erinnerst Du Dich an dieses hirnlose Besäufnis bei Georg und Uschi? Blei gießen!! Knallfrösche! Böller! Mein Gott, das war doch alles ätzend. Ich glaub, genau in der Neujahrsnacht hab ich mir geschworen, dass sich in meinem Leben etwas ändern muss.

Ciao,

Katharina (nicht Kathi!!!)


Katharina zögert einen Augenblick, sie liest ihre Mail noch einmal durch. Dann drückt sie auf »Abschicken«. Sekunden später kommt schon die Bestätigung: »Ihre Mail wurde erfolgreich verschickt.«


Es ist halb elf Uhr abends. Auf Katharinas Schreibtisch stapeln sich die Bücher für ihre nächste Seminararbeit. Zum Thema *Gruppendynamik*. Auf dem Boden die Gymnastikmatte. Katharina sieht zu ihr hinunter. Eigentlich müsste sie heute noch Sport machen, Bauch – Beine – Po.

Aber sie hat einfach keine Lust dazu.

»Meint sie etwa, dass ich darauf stehe, mit einem Knochengerüst zusammen zu sein?«, hört sie Mikes Stimme in ihrem Kopf.

Sie zögert.

Ihr Zusammentreffen mit Mike in der Mensa ist jetzt schon fast eine Woche her. Immer noch hält Katharina streng Diät, daran hat sich nichts geändert. Aber sie bekommt seine Stimme nicht aus ihrem Kopf, das, was er über Lilja gesagt hat.

Was zum Teufel passiert hier mit dir, fragt sie sich. Willst du jetzt schnell wieder fett werden, nur weil irgendeinem Kerl plötzlich eingefallen ist, dass er Knochengerüste doch nicht so attraktiv findet?

Sie ballt die Hände zu Fäusten. Das ist doch Schwachsinn, denkt sie. Jungs – die reden oft einfach so einen Quatsch daher, ohne überhaupt nachzudenken. Aber meinen sie es auch wirklich so?

Sie erinnert sich an sein Kompliment, als sie die ersten sechs Kilo abgenommen hatte. Da hat er sie schön gefunden, da hat er ihr versichert, sie sähe toll aus.

Was der wohl sagen würde, wenn ich plötzlich wieder zehn Kilo mehr wiegen würde? Oder Lilja? Wahrscheinlich würde er nicht im Traum dran denken, sich mit den fetten Kühen abzugeben.

Nein, nur wegen Mike wird sie sich bestimmt nicht all

die mühsam heruntergehungerten Pfunde wieder anfressen.

Sie horcht in sich hinein. Spürt ihren neuen Körper, ihr dünnes Ich.

Etwas nagt in ihr. Auf der Party warst du doch noch dick, sagt eine Stimme in ihr. Da hat er dich auch schon nett gefunden. Hat dich angesprochen, mit dir getanzt, dich an sich gedrückt.

*»Supernett. Supernormal. Diese Frau hat mir schon von der ersten Sekunde an gefallen.«* Da ist wieder seine Stimme.

Katharina schüttelt unwillig den Kopf. Schluss damit! Ruhe!

Man könnte ja glauben, alles würde sich nur noch um Mike drehen. Als hätte sie für Mike diese Diät gemacht. Dabei hat sie die einzig und allein für sich gemacht. Das ist etwas, das sie selbst gewollt hat, das weiß sie genau.

Oder etwa nicht?

Das, was Mike von Lilja erzählt hat, klingt so krank.

Wattebällchen mit Orangensaft.

Jeansgröße 0.

Okay, das klingt nicht nur krank. Das ist es auch.

Aber bei ihr ist es etwas anderes. Sicher, da ist dieser blöde Wettstreit mit Lilja. Aber im Grunde genommen macht sie nur eine Diät, um sich besser zu fühlen. Sicherer, selbstbewusster.

Fühlst du dich denn besser, meldet sich die Stimme in ihr zu Wort. Hat es dir irgendetwas gebracht?

Sie seufzt.

Draußen peitscht der Wind die Äste gegen das Fenster. Er heult durch alle Ritzen und Fugen. Am Abend hat es im Rundfunk Sturmwarnung gegeben. Die Elbe soll Hochwasser haben, vier Meter über normal. Der Fischmarkt ist schon abgesperrt, viele Gegenden im Hafen sind mit dem Auto nicht mehr zu erreichen.

Solche Stürme kennt Katharina nicht aus der Gegend, in der sie aufgewachsen ist. Es macht ihr Angst.

Aus dem Nachbarzimmer hört Katharina Musik. Zoe ist seit langer Zeit mal wieder ein paar Tage zu Hause. Endlich hat sie sich entschieden und ihr Pharmazie-Studium endgültig an den Nagel gehängt. Stattdessen hat sie sich an der Kunsthochschule beworben und ihre Mappe ist gut angekommen. Jeder hat sie für ihre Arbeiten gelobt.

Zoe hat versucht, in ihren Arbeiten eine Symbiose von Musik und Malerei zu erzeugen. Sie hat den Tönen Farben zugeordnet und so die kleine Nachtmusik von Mozart in ein Bilder-Leporello verwandelt.

Katharina war ganz sprachlos, als sie Zoes Arbeiten gesehen hat. Sie hätte Zoe etwas so Schönes, Zartes und Poetisches gar nicht zugetraut.

Zoe und Mozart!

Komisch, denkt sie jetzt, bloß wegen ein paar Tattoos und Punk-Klamotten hat man gleich Vorurteile.

Jetzt ist ihr klar, dass Zoe sich nur so kleidet, um sich von den anderen zu unterscheiden. Eine Art von Protest gegen den Durchschnitts-Geschmack.

Anders sein. Auffallen. Jemand sein. Darum geht es im Grunde genommen doch jedem hier in der WG.

Es ist der fünfzehnte Dezember. Noch sechs Tage, dann wird sie ihre Tasche packen und zum Bahnhof fahren.

Über dem Schreibtisch hängt ein Foto von Kate Moss, dem dünnsten Model aller Zeiten. Sie hat die Haare streng an den Kopf gegelt und ihre Lippen sind dunkellila. Sie trägt einen Bikini aus echten Brillanten. Es soll der teuerste Bikini der Welt sein.

Vor ein paar Tagen fand Katharina das Model noch wunderschön. Ein Vorbild. Jetzt ist sie da nicht mehr so sicher. Sie versucht, Klarheit in ihren Kopf zu bekommen. Wenn sie doch nur mit diesem ständigen Grübeln aufhören könnte, dieses Nur-um-sich-selbst-Kreisen.

»Gibt es irgendjemanden, der dir hilft, wenn du Kummer hast?«, tönt die Stimme ihrer Mutter in ihrem Kopf.

Sie denkt an Carolin, Jule, Chris. Die können nicht verstehen, was in ihr vorgeht.

Und Mike? Sie schüttelt hilflos den Kopf.

Irgendwann rappelt sie sich auf. Ihre Jogginghose rutscht ihr über die Hüften.

Das Gummiband ist inzwischen viel zu weit, sie hat ein anderes Band eingezogen. Auf dicken Wollsocken tappt sie in die Küche. Kurz darauf klopft sie an Zoes Tür. In der Hand hält sie die Weihnachtsdose mit den Keksen.

Zoe reißt die Tür auf. Ihr Raum ist in Nikotinschwaden gehüllt. Auf dem Fußboden Kissen, dazwischen lose Zeichenblätter, eine halb leere Flasche Rotwein, ein Glas, ein Aschenbecher, Zigaretten, ein Feuerzeug, hastig abgestreifte Wollsocken. Zoe hat sich bunte Stifte in die Haare gesteckt. »Hi«, sagt sie. »Musik zu laut?« Sie springt zurück und stellt die Musik leiser, bevor Katharina etwas gesagt hat.

»Du arbeitest«, sagt Katharina.

»Ja. Sieht so aus, oder?« Sie pustet eine Haarsträhne aus der Stirn. Sie schiebt mit den nackten Zehen die Blätter ineinander und deutet einladend auf ihr Bett.

»Komm rein! Ich versuch grad was Neues. Mir ist heute Nacht eine Idee gekommen.« Sie lacht. »Im Traum war's ganz einfach, aber jetzt, wo es real werden soll, kriege ich es nicht hin.«

»Kommt bestimmt noch«, sagt Katharina aufmunternd. Sie hält Zoe die Keksdose hin, öffnet den Deckel.

»Riech mal.«

Zoe hält ihre Nase über die Kiste. Atmet tief ein, schließt die Augen, reißt sie wieder auf.

»Woher hast du die denn? Oh Mann, die sind ja überirdisch!«

»Hat meine Mutter gebacken, sie stehen schon eine ganze Weile im Küchenschrank.«

»Und wieso weiß ich das nicht? Darf ich eins?«

Katharina nickt. »Ganz oben, das sind Vanillekipferln. Streng gehütetes Familienrezept.«

Zoe nimmt behutsam ein Plätzchen, beißt ab, schmeckt, schiebt den Rest nach und kaut genüsslich. Sie strahlt.

»Oh, sind die gut! Ich weiß nicht, woran mich das erinnert.«

»An zu Hause«, sagt Katharina.

Sie legen sich nebeneinander auf die Matratze, die Keksdose in Reichweite. Zoe bedient sich, Katharina freut sich über jeden Keks, der in Zoes Mund verschwindet. Vorsichtig nimmt sie selber einen, doch sie zögert, ihn zu essen.

Einmal abgebissen und sie wird nie wieder aufhören können, so einen Hunger hat sie.

Zoe springt wieder auf, holt Katharina ein Glas, schenkt ihr Rotwein ein.

»An zu Hause kann mich das nicht erinnern«, sagt sie.

»Und wieso nicht?«

Zoe schenkt sich das Glas wieder voll. »Weil es kein Zuhause gibt«, sagt sie.

Katharina schaut sie an. Zoe schweigt, trinkt, setzt das Glas ab.

Als sie immer noch nicht spricht, fragt Katharina: »Wieso gibt es kein Zuhause?«

»Tja, wieso eigentlich? Gute Frage. Stell ich mir auch manchmal. Ein Zuhause haben nur Kinder, die erwünscht sind, weißt du? Ich war nicht erwünscht. So einfach ist das. Ich war richtig froh, als ich ins Heim gegangen bin. Wirklich.«

»Du bist ins Heim gegangen? Freiwillig?«

Zoe nickt und schenkt Katharinas Glas voll. »Ihr habt wahrscheinlich alle ziemlich altertümliche Vorstellungen von Kinderheimen.« Sie lacht. »Aber es war eigentlich ganz okay. Ich hatte sogar Glück mit meinen Zimmergenossinnen.«

Katharina würde gerne fragen, was mit Zoes Mutter ist, von der sie erzählt hat, die, die ihre Pasta immer zu lange gekocht hat, aber sie traut sich nicht. Sie denkt, dass Zoe wahrscheinlich immer nur so viel von sich preisgibt, wie sie selber ertragen kann. Sie schiebt die Keksdose etwas näher zu Zoe hin.

»Stört es dich, wenn ich noch eine rauche?«

»Überhaupt nicht«, sagt Katharina, obwohl es sie im Grunde ziemlich stört. »Ist doch dein Zimmer.«

»Ja, genau.« Zoe angelt sich die Zigarettenpackung, zieht eine heraus, steckt sie zwischen die Lippen, das Feuerzeug flammt auf und für einen Augenblick sieht Katharina die steile, angestrengte Falte auf Zoes Stirn. Sie inhaliert, pustet den Rauch lange nicht wieder aus.

»Willst du später mal Kinder haben?«, fragt Katharina. Sie weiß nicht, wie ihr die Idee plötzlich gekommen ist. Zoe zuckt mit den Schultern. »Keine Ahnung.«

»Möchtest du keine Familie, weil du selbst keine hattest?«, fragt sie leise und hält gleich darauf die Luft an. Ist sie damit zu weit gegangen?

Zoe dreht den Kopf zu ihr hin. »Ich weiß nicht, wie das geht«, erwidert sie nachdenklich. »Ich habe mit Familie immer nur schlechte Erfahrungen gemacht. Ich fürchte, ich würde nicht den Erwartungen entsprechen. Wenn es vielleicht«, sie lacht, »eine Schule gäbe, auf der man das lernt.«

»Familie muss man nicht lernen«, sagt Katharina fest. »Das kannst du so, glaub mir.«

»Die Haselnussplätzchen schmecken auch lecker«, sagt Zoe.

Beide kauen. Zoe springt auf, kramt in ihren Schubladen, holt eine dicke Kerze heraus, stellt sie auf einen Teller, zündet die Kerze an und macht das Deckenlicht aus.

»Echt gemütlich«, sagt Katharina.

Zoe legt sich wieder zu Katharina. Sie schauen in die Flamme, Zoe raucht und trinkt und isst, alles abwechselnd. Katharina trinkt vorsichtig, in kleinen Schlucken, der Rotwein steigt ihr schnell in den Kopf. Sie nimmt einen dritten Keks.

»Was machst du an Weihnachten?«, fragt Katharina.

Zoe hebt die Schultern. »Was schon? Ich bleib hier. Ich halte die Stellung.« Sie raucht, trinkt. »Ich mach was mit Freunden. Vielleicht Musik in einem Asylantenheim. Die freuen sich, wenn sie Besuch kriegen, und wir freuen uns, wenn wir nicht allein sind.« Sie lacht. »Obwohl – Christkind zu spielen für Muslime oder Hindus oder Buddhisten –, das ist schon ziemlich komisch.«

»Macht ihr so was oft?«, fragt Katharina.

»Geht so.« Zoe trinkt. »Wenn uns danach ist. Nicht sehr oft. Ich hab anschließend immer eine Depression. Weiß auch nicht, die Leute gehen mir an die Nieren, ihr Schicksal. Die Geschichten, die man da hört . . .« Sie stutzt plötzlich und schaut Katharina an, die sich halb herumgewälzt hat, um eine CD anzusehen.

»Hey«, sagt Zoe, »spinn ich oder bist du so dünn?«

Katharina rollt wieder zurück. »Dünn?«, fragt sie. Aber sie merkt sofort, wie ihr Herz schneller pumpt.

Zoe legt ihre kühle Hand auf Katharinas Bauch, kneift

die Haut zusammen. »Oh Mann«, sagt sie, »wieso hab ich das nicht gemerkt?«

»Was denn?«, fragt Katharina.

»Dass du komplett abgemagert bist! Ich meine, ich hab gesehen, dass du immer dünner wurdest. Dass du so eine Art Diät gemacht hast, das hab ich gemerkt. Sah ja auch toll aus, wie dein Gesicht so scharfe Konturen bekommen hat, ich steh auf so was. Aber jetzt? Das ist doch nicht mehr normal! Zeig mal deine Hüftknochen.«

Katharina ist es unangenehm. Aber sie knotet den Hosenbund auf und schiebt die Jogginghose hinunter.

»Weißt du, wie das aussieht? Wie die Hüftknochen von einem neugeborenen Fohlen. Alles eckig, da ist ja kein Gramm Fett mehr!«

Katharina schiebt die Hose schnell wieder hoch. Sie versteht nicht, was los ist. Vor einigen Tagen hätte sie sich noch über das Kompliment gefreut. Aber jetzt hat sie einen Kloß im Hals.

Um ihre Verlegenheit zu überspielen, nimmt sie sich einen Keks. Beißt ein Stück davon ab, legt den Rest zurück in die Dose.

Zoe beobachtet sie. »Machst du Lilja Konkurrenz?«, fragt sie.

Katharina wird rot. Aber das kann man in dem flackernden Kerzenlicht nicht sehen. Sie schüttelt vehement den Kopf.

»Überhaupt nicht«, lügt sie, »wieso kommst du darauf?«

»Lilja hungert sich runter auf Jeansgröße 0«, sagt Zoe, sich an die Stirn tippend. »Die ist komplett ausgerastet. Keine Ahnung, was sie damit bezweckt.«

»Sie will eine Setcard von sich machen lassen«, sagt Katharina leise.

»Glaubst du, die sind scharf auf einen Hungerknochen? Als hätte sie im KZ gelebt, so sieht sie aus.« Zoe gießt den Rest des Rotweins in ihr Glas, sie trinkt. Wischt mit dem Handrücken über den Mund. »Aber du – dass du das auch machst –, dich hätte ich für schlauer gehalten.« Sie zieht hektisch an ihrer Zigarette. »Mensch Katharina, was ist denn passiert?«

Katharina rappelt sich hoch und hockt sich mit dem Rücken an die Wand. Sie ist unglücklich.

»Gibt es jemanden, der dir hilft, wenn du Kummer hast?«, wieder hat sie die Stimme ihrer Mutter im Ohr.

Sie holt tief Luft. »Zoe, das kannst du jetzt bestimmt nicht verstehen«, sagt sie verzweifelt. »Ich weiß ja selbst nicht . . .« Sie beißt sich auf die Lippen, versucht, einen Anfang zu finden.

Zoe drängt sie nicht. Sie sieht sie nur ruhig an, wartet ab.

»Versuch es doch einfach«, schlägt sie vor.

»Weißt du, am Anfang wollte ich es Lilja nur heimzahlen«, sagt Katharina leise. »Ich hatte eine solche Wut auf sie, weil sie immer so eklig zu mir war. Ich wollte ihr beweisen, dass ich wer bin.« Sie nimmt einen Schluck Wein, denkt nach. »Aber sie hat nicht lockergelassen, hat mich immer wieder gereizt, gedemütigt . . . und ich dachte, wenn ich nur so werde wie sie, dann . . .« Sie macht eine hilflose Pause. »Und es fanden ja auch alle so toll«, fährt sie fort. »Alle haben mir Komplimente gemacht.«

Sie kann nicht weiterreden, sackt unglücklich weiter in sich zusammen. Wie kann sie nur erklären, was in ihr vorgegangen ist? Was immer noch in ihr vorgeht? Wo sie es doch selbst nicht genau weiß.

Zoe hat sie nicht aus den Augen gelassen. Sie sieht mit einem Mal richtig besorgt aus und unter all dem Kajal ist ihr Blick irgendwie weich geworden. »Hey Kleine«, sagt sie sanft. »Sprich weiter. Sprich mit mir. Sag mir einfach, was los ist.«

Katharina versucht es. Sie versucht es wirklich. Sie schaut Zoe an, sie holt tief Luft, öffnet den Mund. Doch es kommt kein Ton über ihre Lippen.

Zoe seufzt. »Hör mal«, versucht sie es noch einmal. »Ich gehe jetzt in die Küche und hol uns noch eine Flasche Wein. Und wenn ich zurückkomme, redest du weiter, versprochen?«

Sie geht zur Tür.

Katharina liegt auf der Matratze und hält ihr Rotweinglas gegen die Kerze. So ein schöner rubinroter Ton!

Eigentlich tut der Alkohol ihr gut. Nimmt ihr die Hemmungen, mit Zoe zu sprechen. Er macht sie warm. Sie hat nicht einmal kalte Füße, so wie sonst. Sie friert kein bisschen.

Plötzlich hört sie ein Rumpeln. Dann eine Art Knall und jetzt schreit Zoe aus dem Flur. »Nein!«

Katharina runzelt die Stirn, lauscht.

Es ist wieder still.

Schnell springt sie vom Bett, steigt über die Kissen, geht in den Flur.

Die Klotür ist offen.

Zoe steht in der Tür und zieht Lilja an den Füßen in den Flur.

»Hilf mir!«, keucht sie.

Katharina rennt. Zehn Schritte nur, aber das Herz klopft ihr bis zum Hals.

Lilja, kreidebleich, nur mit einem Slip bekleidet, in gekrümmter Haltung, stöhnt leise, die Augen verdreht.

»Fass sie unter dem Kopf an!«, keucht Zoe. »Vorsichtig! Wir müssen sie flach hinlegen. Sie war neben der Kloschüssel eingekeilt. Ich hab keine Ahnung, was passiert ist!«

Sie tragen Lilja in den Flur, Katharina holt Kissen, sie legen ihr eins unter den Kopf, eins unter die Hüften.

Zoe legt ihr Ohr an Liljas Brust. »Sie atmet«, sagt sie. »Oh Gott, was machen wir nur?«

Lilja stöhnt leise, aber reagiert nicht, wenn Katharina oder Zoe versuchen, sie anzusprechen. Ihre Augen sind völlig weggedreht.

Katharina hat Angst. Sie klopft leicht gegen Liljas Wange, wie sie es in einem Film gesehen hat. »Wach auf, Lilja! Wach auf! Lilja! Kannst du uns hören? Sag doch was! Bitte!«

Ein leises Stöhnen. Auf Liljas Lippen bilden sich Schaumbläschen.

Zoe und Katharina sehen sich entgeistert an.

»Notruf!«, sagt Katharina. Endlich kann sie einen vernünftigen Gedanken fassen. »Wir müssen sofort einen Arzt rufen.«

Zoe nickt. Katharina rennt zum Telefon. Wählt 112. Wartet, mit verrückt klopfendem Herzen, bis sich jemand meldet.

»Wir haben einen Notfall!«, ruft Katharina. »Bitte, kommen Sie schnell!« Sie nennt die Adresse, das Stockwerk, den Namen an der Klingel.

Einen Moment später rennt sie zu Zoe. Beugt sich wieder über Lilja, deren Gesicht totenbleich ist.

»Sie stöhnt nicht mehr«, Zoe fährt verzweifelt mit den Händen über ihr Gesicht. »Oh Gott, was machen wir? Wasser? Glaubst du, Wasser ist gut?«

»Ich hab keine Ahnung«, flüstert Katharina.

Ihr fällt ein, dass sie jedes Mal die Erste-Hilfe-Kurse geschwänzt hat. War nicht wichtig. Immer war etwas anderes wichtiger gewesen. Passiert mir sowieso nicht, dass ich so was mal brauche, hat Katharina gedacht.

Liljas dünner, nackter Körper liegt da wie hingeworfen, so als würden die Gliedmaßen nicht mehr richtig zusammenpassen. Ihre spindeldürren Arme, die dürren Beinchen, die monströsen Hüftgelenke, größer als alles andere an ihrem Körper.

Und die Haut eiskalt.

Katharina läuft, holt ihre Bettdecke, breitet sie behutsam über Liljas Körper.

»Wann ist sie denn nach Hause gekommen? Ich hab sie gar nicht gehört.«

Zoe schüttelt den Kopf. »Ich doch auch nicht.« Sie hält das Ohr an Zoes Mund. »Ich weiß nicht, ob sie noch atmet!«, ruft sie panisch. »Oh Mann, wann kommen die endlich! Wir müssen irgendwas tun!«

»Aber was?«, schreit Katharina.

Lilja reagiert auch nicht auf die Schreie, auf den Lärm. Sie reagiert überhaupt nicht. Sie liegt da und Katharina starrt sie an und Panik kriecht in ihr hoch. Sieht man so aus, wenn man tot ist?

Sie hören die Sirenen schon von Weitem, Zoe rast die Treppen runter, um die Sanitäter in Empfang zu nehmen. Endlich poltern zwei Männer und eine Frau in den Flur.

Die Notärztin nimmt die Decke von Liljas Körper, betrachtet sie, schaut auf. Katharina kniet neben Liljas Kopf. Sie sieht den Blick in den Augen der Ärztin. Sie schaut weg. Ihr ist schwindlig. Wenn sie nur den verdammten Rotwein nicht getrunken hätte. Mit nichts anderem als den paar Keksen im Magen. Ob die Ärztin so was sieht?

Die Ärztin öffnet ihre Tasche, holt das Stethoskop heraus, zieht Liljas Augenlider herunter, leuchtet in ihre Pupillen, hört sie ab, prüft Reaktionen.

Zoe steht hinter der Ärztin. Die Sanitäter haben die Trage draußen an die Flurwand gelehnt.

»Was ist mit ihr?«, fragt Zoe, als die Ärztin eine Ampulle aus einer Tasche holt und eine Einmalspritze aus der Plastikhülle zieht.

Die Ärztin schaut sich kurz zu Zoe um. »Sieht man das nicht?«, fragt sie.

Zoe zuckt mit den Schultern.

»Sie ist dabei zu verhungern«, sagt die Ärztin. »Ihre Organe verweigern den Dienst.«

Sie nimmt Liljas dünnen Arm, und als dieses Ärmchen in ihrer Hand liegt, fällt Katharina erst auf, wie dünn er wirklich ist. Die Ärztin sucht lange nach einer Vene. Sie hat die Stirn gerunzelt, sie sieht ernst, konzentriert, aber auch wütend aus.

Langsam lässt sie eine Flüssigkeit in die Vene tropfen, sie kontrolliert dabei ständig Liljas Augen. Ihren Puls.

»Seit wann macht sie das schon?«, fragt sie.

»Was?«

»Dieses Sich-zu-Tode-Hungern«, sagt die Ärztin. Sie ist grob, findet Katharina. Sie wirkt nicht mitfühlend, nicht mitleidig. Nur zornig. Katharina zieht ihren Pulli tief über die Hand, damit die Ärztin ihre dünnen Arme nicht sieht.

»Keine Ahnung«, sagt Zoe. »Ich bin hier vor einem Jahr eingezogen, da war sie schon dünn.«

»Aber nicht so dünn wie jetzt?«

»Nein«, sagt Zoe. »So dünn nicht. Das ist langsam gegangen.«

Die Ärztin nickt, kontrolliert die Venen. »Wenn mir einer mal verraten könnte, warum diese Menschen so was machen«, sagt sie. »Gesunde Menschen, die mutwillig ihren Körper ruinieren, die den Tod in Kauf nehmen. Warum? Wofür?«

»Sie möchte in Jeansgröße 0 passen«, schießt es aus Katharina heraus. »Ich glaube, das war ihr Ziel.«

»Mit Jeansgröße 0 will sie im Sarg liegen?«, knurrt die Ärztin. »Das ist ihr Plan?«

Katharina und Zoe starren sich erschrocken an. Mit der Ärztin ist ein Gespenst in die Wohnung gekommen. Das Gespenst heißt Angst.

Die Ärztin zieht behutsam die Nadel aus dem Einstechloch, klebt ein Pflaster auf die Stelle. Dann steht sie auf, holt ihr Handy, wählt eine Nummer. Spricht mit einem Krankenhaus, spricht von einem Notfall, spricht in lateinischen Brocken, die Katharina nicht versteht. »Anorexia nervosa«, sagt sie mehrfach.

Dann dreht sie sich zu den Sanitätern um. »Wir bringen sie ins Elisabeth-Krankenhaus«, sagt sie. »Sie haben eine Abteilung für magersüchtige Grenzfälle.«

Magersüchtige Grenzfälle.

Als die Sanitäter Lilja auf die Bahre heben, stöhnt Lilja leise. Ihre Lider zittern.

»Okay.« Die Ärztin atmet erleichtert auf. »Okay, wenigstens ein Lebenszeichen. Wir bringen sie jetzt weg. Wer von Ihnen beiden ruft die Eltern an?«

»Ich mach das«, sagt Zoe.

»Gut.« Die Ärztin wendet sich an Katharina. »Wollen Sie Ihre Freundin begleiten? Oder nicht? Mir ist es egal. Es muss jetzt schnell gehen.«

Katharina springt auf, reißt irgendeine Jacke vom Boden,

schlüpft in ihre Schuhe. Für die Strümpfe hat sie keine Zeit. Sie zerrt den Schal von der Ablage, wickelt ihn hastig um den Hals und nickt.

»Fertig«, sagt sie.

Zoe nimmt sie kurz in den Arm. Ihr Atem riecht nach Alkohol und Rauch. »Schöne Scheiße«, flüstert sie.

Die Sanitäter sind schon auf der Treppe, vorsichtig balancieren sie die Bahre nach unten.

Draußen bläst ihnen ein Orkan entgegen. Die Sanitäter stemmen sich gegen den Wind. Katharina bekommt fast keine Luft.

Der Sanitätswagen wartet mit laufendem Motor. Ein Fahrer springt aus dem Wagen, öffnet die Klappe, Lilja wird hineingeschoben. »Sie können vorn mit einsteigen«, sagt die Ärztin, »ich bleib bei ihr.«

Sie klettert in den Wagen, die Sirenen gehen los. Der Fahrer gibt Gas.

Sie rasen durch die nächtliche, sturmgepeitschte Stadt. Vorbei an leuchtenden Weihnachtsbäumen, deren Äste sich im Sturm bewegen, bunten, schaukelnden Girlanden. Sie rasen über Kreuzungen, auf denen der Verkehr stillsteht, sie biegen in eine Seitenstraße ein, da vorn leuchtet ein rotes Kreuz auf weißem Grund, darunter steht *Krankenhaus*, in der Einfahrt der Hinweis *Notaufnahme*, noch eine Kurve, ein Glasdach, eine Tür, die geöffnet wird, zwei weiß gekleidete Menschen kommen heraus, die Klappe am Krankenwagen wird aufgerissen, die Notärztin kommt zuerst, dann die Trage.

Sie laufen durch endlose Gänge in einen großen Fahrstuhl, der Platz für mindestens vier Tragen hat. Katharina ist einfach hinterhergelaufen. Die Notärztin und ein anderer Arzt kümmern sich um Lilja, die wie eine Tote reglos daliegt, den Kopf zur Seite gedreht, Schaumblasen auf den Lippen.

Die Ärzte reden leise in lateinischem Medizin-Kauderwelsch miteinander, hin und wieder werfen sie Katharina einen Blick zu, den Katharina aber nicht deuten kann.

Sie hat diese Pfeffernüsse im Magen. Sie sind das Einzige, was sie an diesem Tag gegessen hat, und sie spürt, dass die Pfeffernüsse rauswollen, sie spürt, wie es in ihrem Magen rumort, wie sich ein Klumpen bildet, manchmal steigt etwas Bitteres in ihr hoch und dann schluckt sie schnell, aus Angst, dass sie sich hier übergeben muss.

Der Fahrstuhl hält, die Türen gehen auf, der Tross eilt weiter auf eine Glastür zu. An der Tür steht *Betreten verboten*.

Der Arzt gibt Katharina ein Zeichen. »Warten Sie hier!« Und dann sind sie weg, nur schemenhaft sieht Katharina noch ihre Bewegungen hinter der Milchglastür.

Alles ist plötzlich so still.

Über der Tür eine große normale Uhr, deren Zeiger jede Minute ein Stückchen vorrückt. Jedes Mal macht es ein kleines Geräusch. KLICK. Vier Minuten vor Mitternacht.

Katharina starrt auf die Uhr. Wieder steigt die bittere Galle in ihr auf, hektisch schaut sie sich um. Da, die Toiletten.

Sie läuft, ihre Schuhe machen ein überlautes Geräusch in dem menschenleeren Flur. Drei sauber bezogene Betten stehen hintereinander an der Wand. Ohne Decken, ohne Kissen. Nur die nackten schneeweißen Laken. Katharina kann nicht hinschauen, als sie daran vorbeiläuft.

In der Toilette muss sie sich übergeben. Doch es ist kaum mehr als bittere Galle, die da hochkommt. Sie keucht, sie schwitzt, sie spritzt sich Wasser ins Gesicht.

Ihr Atem geht schnell, in ihrem Mund ist ein Geschmack, als hätte sie ihn mit Essigwasser ausgespült.

Sie beugt sich unter den Wasserhahn, lässt das Wasser in die Mundhöhle laufen, spuckt es wieder aus.

Es gibt kein Handtuch.

Nur einen Trockenautomaten. Sie hält ihr Gesicht in den warmen Luftstrom. Davon wird ihr wieder übel, sie würgt noch mal.

Jetzt kann sie die Tränen nicht mehr zurückhalten.

Sie richtet sich auf, schaut ihr Spiegelbild an.

Das, was sie da sieht, erschreckt sie so, dass sie fast zu atmen vergisst.

Hastig stürzt sie aus der Toilette, zurück in den Flur, es gibt keinen Stuhl, auf den sie sich setzen könnte. Sie lehnt sich an die Wand, aber irgendwann verlassen sie die Kräfte und sie lässt sich nach unten rutschen, geht in die Hocke, und schließlich setzt sie sich einfach auf den Fußboden, den Rücken gegen die hellgrün getünchte Wand, die Beine ausgestreckt.

Der Zeiger der Uhr geht einen Strich vorwärts. KLICK. Mehr passiert nicht.

## 13. Kapitel

Ein Arzt im offenen weißen Kittel, das Stethoskop um den Hals, die Hände in den Hosentaschen, taucht plötzlich aus dem Nirgendwo auf, am Ende des endlosen Flurs. Sein zerfurchtes Gesicht und der kahle Schädel leuchten in der kalten Neonbeleuchtung bläulich.

Katharina, die gekrümmt auf dem Boden hockt, hebt müde den Kopf, schaut dem Arzt entgegen, der sich ihr nähert. Sie beide sind allein in dem nächtlich einsamen Krankenhausflur. Nur leere frisch bezogene Betten stehen längsseits an den Wänden, als erwarte man weitere Notfälle in der Nacht. Keine Fenster, um zu sehen, was draußen passiert. Ein hermetisch abgeschlossener Raum, eine Welt für sich. Der Arzt bewegt sich in dieser Welt, als gäbe es keine andere. Ein vages Gefühl von Bedrohung schnürt Katharina die Kehle zu.

Die ganze Zeit hat sie sich gefragt, wie sie hierher gekommen ist, wie das alles passieren konnte. Was falsch gelaufen ist.

Sie hätte gerne mit irgendjemandem gesprochen, so wie vorhin mit Zoe, kurz bevor all das passiert ist, aber es ist niemand da.

So einsam hat sie sich nie zuvor gefühlt und dann die bleierne Müdigkeit, die totale Erschöpfung, die sie in jedem Knochen, in jedem Zentimeter ihrer Haut spürt.

Was haben wir gemacht, denkt sie verzweifelt.

Und: Ich will hier nicht sein, ich gehöre hier nicht her. Ich gehöre zu der Welt da draußen! Und Lilja doch auch!

Sie hätte gerne mit Zoe telefoniert, aber das Handy liegt zu Hause auf ihrem Schreibtisch und ihr Portemonnaie mit der Monatskarte, mit Geld, sie hat nicht einmal ein Papiertaschentuch dabei.

Wenn sie sich schnäuzen musste, hat sie das an ihrem Jackenärmel getan. Allein dieser Gedanke macht sie fertig: Wie wenig es braucht, um sein Selbstbewusstsein, seine Würde zu verlieren. Verschämt verreibt sie den Rotz an ihrem Ärmel, bis man nichts mehr sieht.

Der Arzt ist an einem Telefon stehen geblieben, das an der Wand hängt. Er wählt eine Nummer und spricht. Katharina kann nichts verstehen. Alles ist geheimnisvoll und Angst einflößend wie in einem Science-Fiction-Film.

Sie mag keine Science-Fiction-Filme. Freiwillig ist sie da nie reingegangen. Nur, um Justus einen Gefallen zu tun. Justus liebte Filme, bei denen man eine Gänsehaut bekommt.

Über einer der Türen leuchtet eine rote Lampe auf und im nächsten Augenblick wird eine Tür geöffnet. Eine Schwester erscheint. Sie knöpft im Laufen ihren Kittel zu. Der Arzt nickt einen flüchtigen Gruß.

Katharina erhebt sich schwerfällig, sie fühlt sich steif, als habe ein Muskelkater von jeder Stelle ihres Körpers Besitz ergriffen. Fast kippt sie wieder um, als sie richtig steht. Sie schiebt die Haare aus dem Gesicht und schluckt.

Auch ihre Kiefer sind merkwürdig steif, wie falsch ineinander verhakt. Sie ist nicht sicher, ob sie überhaupt ein Wort herausbekommt.

In Filmen hat sie oft schon eine ähnliche Szene beobachtet: Eine Nacht im Krankenhaus, jemand ist eingeliefert worden, ein Freund oder Verwandter wartet auf die Diagnose, auf das Gespräch mit dem Arzt. Immer schon, wenn sie so etwas sah, hat sie gedacht: Hoffentlich komme ich nicht mal in so eine Situation.

Lilja ist keine Verwandte, keine Freundin. Was ist Lilja eigentlich für mich, fragt sie sich.

Eine Feindin, hat sie einmal gedacht, damals an ihrem

Geburtstag. Die Rivalin, die ihr immer einen Schritt voraus war.

Die Selbstbewusste, die immer so deutlich überlegen war.

War das alles, fragt sie sich?

War das mein Verhältnis zu Lilja?

Aber warum sitze ich dann hier, als wäre ich ihre Schwester oder irgendeine nahe Verwandte?

Nur, weil niemand anderes da ist? Ist mir nicht egal, was aus ihr wird?

Aber wenn es mir egal ist, warum muss ich dann immer weinen? Warum sehe ich dann ständig Liljas Gesicht vor mir?

Der Arzt wirkt erschöpft. Sein Lächeln ist flüchtig wie der Blick, den er ihr schenkt. Er schaut auf die Uhr. Vielleicht hat er schon seit Stunden ununterbrochen gearbeitet. Lilja ist ein Fall von vielen, die er an diesem Tag behandelt hat, eine Patientin von wer weiß wie vielen anderen. Wie viele Gedanken machen sich wohl Ärzte um die Patienten, die im Krankenhaus eingeliefert werden? Patienten, die sie vorher nie gesehen haben, mit denen sie kein Wort gewechselt haben.

Katharina fragt sich, ob der Arzt wohl Kinder hat.

»Sie sind mit Lilja Bender gekommen?«, wendet er sich jetzt an sie.

Katharina nickt beklommen. »Wie geht es ihr?«, flüstert sie. Ihr Gaumen ist pelzig und so trocken, dass es wehtut, wenn sie schluckt.

»Wir haben sie fürs Erste stabilisieren können«, sagt der Arzt. »Sie liegt jetzt auf der Intensiv am Tropf. Akutes Nierenversagen.«

»Oh«, murmelt Katharina erschrocken, »das ist schlimm, oder?«

»Ja. Aber ihre Leber macht uns noch größere Sorgen. Seit wann hungert Lilja schon?«

Katharina errötet. Auch die Notärztin hat ihr bereits diese Frage gestellt und sie hatte genau diesen vorwurfsvollen und gleichzeitig resignierten Ton in der Stimme und sie dabei gemustert, als sei alles ihre Schuld, als hätte Katharina darauf achten müssen, dass es mit Lilja nicht so weit kommt.

Katharina zieht ihre Jackenärmel weit über die Hände.

»Ich weiß nicht«, murmelt sie. »Keine Ahnung. Ich kenne sie erst seit zehn Wochen oder so. Sie war immer so dünn, glaube ich.«

Der Arzt seufzt, er nickt.

»Kann ich zu ihr?«, fragt Katharina.

Der Arzt zögert, er mustert Katharina. Sie versucht, ihrer Miene etwas Entschlossenes, Waches zu geben. Schließlich gibt er sich geschlagen.

»Gut«, entscheidet er. »Aber nur ganz kurz.« Er lächelt ihr zu. »Damit Sie beruhigt sind.«

Er eilt voran. »Ich habe mit ihren Eltern telefoniert«, sagt er. »Sie sind auf dem Weg hierher.«

»Schön«, murmelt Katharina. Sie kennt Liljas Eltern nur vom Telefon, da waren sie immer freundlich, aber wenn sie Lilja den Hörer weitergab, ist Lilja zusammengezuckt, hat unwillig geknurrt, manchmal musste Katharina sie verleugnen, dann musste sie so tun, als sei Lilja nicht da.

Und wenn Katharina fragte: »Was ist denn? Warum sprichst du nicht mit ihnen?«, hat Lilja geknurrt, dass sie einfach keine Lust habe, dass die Eltern aufhören sollten, ihr nachzuspionieren und sich in ihr Leben einzumischen. Dass sie sich schließlich auch nicht in das Leben der Eltern einmische. Aber meistens hat sie gar nicht auf Katharinas Frage reagiert, sondern nur mit den Türen geknallt und sich im Bad eingeschlossen.

Ich weiß nichts von ihr, denkt Katharina. Ich weiß, welches Shampoo sie benutzt, welches Deo und in welcher Boutique sie am liebsten ihre Klamotten kauft. Ich weiß, dass sie einen Freund hat, der Mike heißt.

Aber ich kenn nicht einmal seinen Nachnamen. Obwohl wir seit zweieinhalb Monaten Tür an Tür leben, weiß ich fast nichts von Lilja.

Sie fahren mit dem Lift einen Stock höher. Der Arzt

schweigt und Katharina schweigt auch. Der Arzt fährt mit der Hand über seinen kahlen Kopf. Die Lifttür geht wieder auf.

»Dort entlang.« Der Arzt berührt Katharinas Schulter, als wolle er sie vorwärtsschieben. Sie kann seine Anspannung und seinen Kampf gegen die Erschöpfung förmlich spüren. Sie reißt sich zusammen. Aber das Gehen fällt ihr schwer. Ihre Füße sind wie Blei. Der Arzt trägt weiße Stoffschuhe mit Gummisohlen, die manchmal ein quietschendes Geräusch machen. Das geht Katharina bis in die Schläfen, bis ins Hirn.

Ich bin so müde, denkt sie, ich könnte tot umfallen.

»Bitte«, sagt der Arzt. Er zieht eine Schiebetür zur Seite, über der KEIN DURCHGANG steht.

Sie müssen zwei Schleusen passieren, die nur mit einem Code zu öffnen sind. Dann eine weitere Aufschrift. CARDIOLOGIE INTENSIV.

Über beiden Türen blinken rote Lichter.

Der Geruch wird intensiver. Eine Mischung aus Salmiak und scharfen Putzmitteln, die überdeckt werden von einem leichten Zitronelladuft, der sich in ihrer Nase und den Schleimhäuten festbeißt. An so was muss man sich also gewöhnen, denkt Katharina, wenn man im Krankenhaus arbeitet. Sie ist froh, dass sie nie auf die Idee gekommen ist, Medizin zu studieren. Eine Arbeit am Limit.

Vierzehn Stunden am Tag nur Krankheit, Elend, Blut ...

Es riecht nach Gummi, nach dem Stickstoffausstoß der Furcht einflößenden Apparate, ein dumpfes Dauersummen und -brummen, überhaupt herrscht eine wortlose, schweigsame Geschäftigkeit, viele Schwestern sind da und Ärzte.

Katharinas Arzt sagt leise etwas zu einem Kollegen, der antwortet. Es kommt Katharina vor, als sprächen sie in einer fremden Sprache.

Sie müssen abermals zwei Schleusen passieren, dann stehen sie in einem engen Flur, von dem Räume abgehen, schmal wie Gefängniszellen, aber ohne Türen. Ein breites Zimmer, in denen die Betten durch Vorhänge getrennt sind, keine Fenster.

Katharina versucht, so lange wie möglich die Luft anzuhalten, aber das hilft nicht, denn danach muss sie umso tiefer einatmen, dann hat sie etwas wie Salmiak in den Lungen. Sie hört, wie jemand laut aufstöhnt und das beruhigende Gemurmel, das darauf folgt.

Oh Gott, da stirbt jemand, denkt sie. Und gleich darauf: Ich werde ja hysterisch, ich muss mich unbedingt zusammenreißen.

Ein Pfleger rollt ein Gestell, an dem Plastikflaschen mit unterschiedlicher Flüssigkeit hin und her schaukeln, an ihnen vorbei.

Katharina geht eingeschüchtert neben dem Arzt her. Schließlich deutet er auf ein Bett. »Da ist sie«, raunt er. »Es ist kein schöner Anblick, der da auf Sie wartet.« Er legt seine Hand auf ihre Schulter, als sie herantreten, dafür ist Katharina dankbar.

Lilja liegt auf dem weißen Laken. Sie ist schmal und blass wie ein Kind. Die Augen geschlossen, der Mund halb geöffnet.

Ihre dünnen Arme liegen auf der Bettdecke, in einer Vene ihrer linken Hand steckt ein Schlauch.

Ein großer Computer neben ihrem Bett spuckt unentwegt irgendwelche Daten aus, die von einer Krankenschwester abgelesen werden. Sie schaut sich um, als der Arzt herantritt, und nickt.

Katharina hat keine Ahnung, ob dieses Nicken ein gutes oder ein schlechtes Zeichen ist.

Vorsichtig nähert sie sich dem Bett. Sie beugt sich über Liljas Oberkörper, betrachtet die eingefallenen Wangen, das spitze Kinn, die straff gespannte Haut über der Stirn, wie Pergamentpapier über einem Netz feiner Äderchen. Ein Schlauch führt in ihre Nase, ein anderer Schlauch in den Mund, wie beim Zahnarzt, wenn die Spucke abgesaugt wird. In ihrem dünnen Arm stecken Kanülen. Alle führen zu irgendwelchen Apparaten, Flaschen, Maschinen. Lilja sieht aus, als wäre sie schon Teil dieser Maschinen. Als habe sie ohne diese Schläuche und Kanülen kein eigenes Leben mehr in sich.

Katharina ist so erschrocken, dass sie das Luftholen vergisst. Sie weiß nicht, wie sie reagieren soll, ob man von ihr erwartet, dass sie etwas sagt, dass sie etwas tut.

Ihr fällt nichts ein. In Filmen beugen sich die Menschen über einen Patienten, küssen ihm die Stirn, drücken die Hand, flüstern etwas. Aber das ist im Film.

Das hier – das ist die Wirklichkeit.

Sie kann Lilja nur ansehen. Nichts an ihrem Körper bewegt sich. Nur die Apparate arbeiten in einem unheimlichen Rhythmus, lautlos, ohne Unterbrechung.

Das ist die Lilja, von der sie sich so oft eingeschüchtert und gedemütigt gefühlt hat, die in ihr Aggressionen, Neid und Eifersucht ausgelöst hat. Nichts von alledem spürt Katharina jetzt. Nur ein unendliches Mitleid und ein Gefühl hilfloser Scham. Die Tränen brennen in ihren Augen.

Katharina dreht sich zu dem Arzt um. »Es sieht so schrecklich aus!«, flüstert sie. »Sie tut mir so leid!«

Der Arzt hebt schnell die Finger an die Lippen. Katharina erschrickt.

»Kann sie uns hören?«, wispert sie.

Der Arzt führt Katharina wortlos aus dem Raum. Er schaut sie aufmerksam an, legt seine Hand auf ihre Schulter. Unter dem leichten Gewicht seiner Hand bricht Katharina fast zusammen. »Sie gehen jetzt besser nach Hause. Sie sehen auch nicht besonders kräftig aus. Der nächste Wind kann auch Sie umblasen.«

Katharina bekommt einen heißen Kopf.

»Ihre Freundin braucht ihre ganze Kraft, um diese Nacht zu überstehen. Wenn sie das schafft . . .« Der Arzt beendet den Satz nicht.

Katharina senkt den Kopf, ihre Beine sind schwer wie Blei und gleichzeitig ganz schwach. Schwer und weich zugleich. Ihr Magen fühlt sich an wie Schmirgelpapier. Wenn sie Schluckauf hat, ist der Schmerz kaum auszuhalten.

Sie denkt an einen Teller mit Zwieback, der in warmer Milch aufgelöst ist. Das hat sie als Kind bekommen, wenn sie krank war. So etwas bräuchte sie jetzt.

Ja. So etwas will sie zubereiten, wenn sie zu Hause ist. Vielleicht hilft ihr Zoe dabei. Vielleicht schmeckt ihr das auch. Vielleicht setzt sie sich dazu.

Draußen ist Nacht, Hamburg schläft, bis auf die Menschen, die niemals schlafen. Der Verkehr ist zur Ruhe gekommen, bis auf die Autos, die immer unterwegs sind, Straßenreinigung, Polizei, Krankenwagen und hin und wieder ein Taxi. Die U-Bahn fährt nachts nicht.

Sie hat keine Ahnung, wie sie vom Krankenhaus zurück

in die Wohnung kommen soll. Sie fürchtet sich vor der schwarzen Nacht, vor ihren eigenen Gedanken.

»Ich würde gerne hier bei ihr bleiben«, flüstert Katharina. »Sie tut mir so leid. So allein da drinnen.« Sie wagt nicht, dem Arzt die ganze Wahrheit zu sagen.

Dass sie sich schämt. Dass sie sich mitschuldig fühlt.

In was für einen Teufelskreis sind sie da geraten? Was haben sie sich dabei gedacht?

Bei diesem blöden Wettstreit, wer dünner ist? Warum hab ich mich auf so was eingelassen?

Sie hat plötzlich den Wunsch, ihre Eltern anzurufen, aber mitten in der Nacht? Um zwei Uhr in der Früh? Sie werden denken, es ist etwas Schreckliches passiert.

Ich will nicht, dass sie sich Sorgen machen, denkt Katharina. Es reicht, wenn ich mir selber Sorgen mache.

»Sie ist nicht allein, wir kümmern uns um sie. Hier auf der Intensivstation können Sie nicht bleiben«, sagt der Arzt sanft. »Aber wir passen auf Ihre Freundin auf, sie ist unter konstanter Beobachtung. Wir tun alles, was ihr hilft, wieder auf die Beine zu kommen.« Er lächelt ihr aufmunternd zu, Katharina versucht, ebenso tapfer zurückzulächeln. Das fällt ihr schwer.

Sie legt die Hände vor ihr Gesicht und lehnt sich an die Wand. Der Arzt wartet, sie rührt sich nicht.

»Sie können natürlich im Wartezimmer bleiben«, sagt er,

»im zweiten Stock. Aber die Stühle sind unbequem, ich warne Sie. Und nachts kommt die Putzkolonne da durch, dann wird es richtig ungemütlich.«

»Das macht nichts, das halt ich schon aus.«

»Wollen Sie nicht lieber nach Hause?«, fragt der Arzt.

Bei dem »nach Hause« muss Katharina an ihr Dorf denken, an ihr Elternhaus. An die dampfende Wärme im Kuhstall, an ihr Zimmer unter der Dachschräge mit dem Himmelsblick.

Katharina hebt unschlüssig die Schultern. »Ich wohne hier in einer WG. Mit Lilja zusammen.«

»Ah«, sagt der Arzt, »verstehe.« Er lächelt ihr zu. »Wir tun unser Bestes«, sagt er. »Wir geben niemals auf.«

Sie gibt dem Arzt die Hand. »Danke«, sagt sie.

Er lächelt freundlich. »Wofür genau?«

»Dass Sie Lilja geholfen haben.«

Der Arzt holt tief Luft. »Ob wir geholfen haben, können wir jetzt noch nicht sagen. Dazu ist es zu früh und Liljas Zustand zu kritisch. Die nächsten Wochen werden das entscheiden. Patienten wie Lilja können sich nur selber helfen, denn sie sind ganz allein für ihren Zustand verantwortlich. Doch das ist das Problem. Das wollen sie meist nicht einsehen. Als Ärzte stehen wir hilflos da und sehen zu, wie diese jungen Menschen sich selber ruinieren. Wie sie sich an den Rand des Todes bringen.« Er seufzt und wechselt das Thema. »Sie wissen noch, wie Sie zum Fahrstuhl kommen?«

Katharina blickt den leeren gespenstisch beleuchteten Flur entlang. Es ist halb zwei Uhr nachts. Die Uhr klickt.

»Zweiter Stock«, sagt der Arzt. Es klingt fast fürsorglich. So als spüre er, dass Katharina sich gar nichts mehr merken kann.

Sie nickt und schlurft mit gesenktem Kopf zum Fahrstuhl. Als sie sich dort noch einmal umdreht, sieht sie, dass der Arzt immer noch an der gleichen Stelle steht und ihr nachblickt.

Sie hebt die Hand.

Er grüßt zurück.

Im zweiten Stock ist das Wartezimmer voller Menschen. Damit hat Katharina nicht gerechnet. Menschen mit verzweifelten, verweinten oder vor Schreck erstarrten Gesichtern. Ein junges Pärchen sitzt in enger Umarmung auf dem Fußboden. Das Mädchen hat ihren Kopf an der Schulter des Jungen vergraben. Er streichelt ihren Rücken. Er schaut kurz zu ihr hin. Seine Augen sind rot.

Am Ende des Flures öffnen sich Türen und die Putzkolonne erscheint, vier Frauen in blauen Kitteln, mit Gummihandschuhen und Mundschutz. Jede schiebt einen Wischmopp in Schlangenlinien vor sich her. Hinter ihnen glänzt das Linoleum feucht und frisch.

Katharina flüchtet, sie läuft zum Lift, drückt den Knopf, auf dem *Ausgang* steht, fährt ganz nach unten, durchquert die leere Halle, geht auf die Glastüren zu, die sich automatisch öffnen, sogar mitten in der Nacht.

Dann steht sie vor dem Krankenhaus. Der Wind hat sich gelegt. Aber es ist viel kälter geworden, der Regen muss irgendwann in der Nacht in Schnee übergegangen sein. Ein frostig weißer Schleier liegt über allem. Die Luft, die sie einatmet, ist schneidend scharf, wie Eiskristall. Oben am Himmel steht ein halber Mond. Auf dem verschneiten Weg keine einzige Fußspur, die zum Eingang hinführt oder von dort weg.

Ihre Fußabdrücke werden die ersten sein. Vorsichtig setzt sie einen Fuß vor den anderen. Schaut sich um. Meine Spuren, denkt sie.

Sie atmet tief durch, zieht die Kapuze über die Ohren und läuft den Lichtern der Stadt entgegen.

# 14. Kapitel

Es ist der neunzehnte Dezember. Die Küche in der WG ist von einem warmen Licht erfüllt. Der Wasserkessel summt.

Katharina hat einen Adventskranz besorgt, auf dem Weihnachtsmarkt, und jetzt hat sie alle vier Kerzen angezündet.

Alle auf einmal.

Das erste Mal in ihrem Leben hat sie das gemacht, was sie sich als Kind immer gewünscht hat.

Mike sitzt vor ihr. Er ist blass, hat Ringe unter den Augen, man sieht ihm an, dass er die letzten Nächte kaum geschlafen hat. Zwischen ihnen auf dem Tisch liegt eine aufgeschlagene Kladde, sie ist über und über mit Liljas großer, fließender Schrift bedeckt.

»Sie hat mir das geschickt«, sagt Mike hilflos und zuckt

mit den Schultern. »Drei Tage, bevor sie zusammengebrochen ist, hat sie das in die Post gesteckt.« Er stöhnt auf.

Katharina legt ihre Hand auf seine. »Mach dir keine Vorwürfe. Du warst auf Sylt«, sagt sie. »Sonst hättest du ihr Tagebuch rechtzeitig bekommen. Du kannst nichts dafür.«

»Ich kann nichts dafür?« Er springt auf und rennt zum Fenster. Starrt hinaus auf die abgebrochenen Äste. Der Schnee ist wieder in Regen übergegangen.

»Und ob ich etwas dafürkann!« Er kommt zurück an den Tisch. Seit er hier ist, hat er noch keine Minute stillsitzen können.

»Hier, lies doch mal: »*Sieht er denn nicht, wie fertig mich das macht? Kann er mich nicht einfach in den Arm nehmen? Das hat er schon so lange nicht mehr gemacht – mich in den Arm genommen und einfach festgehalten.*«

»Verstehst du nicht?«, fragt er leise. »Ich habe es wirklich nicht gesehen! Ich dachte immer, es ginge um irgendeinen blöden Körperkult. Dabei war es viel mehr. Und jetzt weiß ich nicht, ob ich das jemals wiedergutmachen kann.« Ein trockenes Schluchzen kommt aus seiner Kehle.

Katharina greift nach seiner Hand. Sie fühlt sich warm an, trocken.

»Wir haben alle etwas gutzumachen«, flüstert sie. »Ich und du und Zoe und Lilja.« Katharina hat lange darüber nachgedacht. »Aber Schuld – das ist ein großes Wort. Vielleicht ein bisschen zu groß für uns.«

Er drückt ihre Hand. »Weißt du, dass du eine sehr kluge Frau bist?«, fragt er nach einer Weile.

Sie lächelt, aber es ist kein frohes Lächeln. »Nach dem, was in den letzten Wochen passiert ist, glaube ich eher, dass ich saudumm war.«

»Sag so etwas nicht«, bittet er.

Sie schweigen, jeder hängt seinen eigenen Gedanken nach.

»Wie geht es dir, Katharina?«, fragt er irgendwann.

Sie zuckt mit den Achseln. »Ich weiß nicht«, sagt sie leise. »Ein bisschen so wie kurz vor meinem Umzug nach Hamburg.« Sie holt tief Luft, davon hat sie noch niemandem hier in Hamburg erzählt. »Mein Freund Justus hatte mit mir Schluss gemacht und ich habe fünf Tage Rotz und Wasser geheult. War fertig, dachte, das Leben geht nicht mehr weiter. Und dann, eines Morgens, hab ich mich gezwungen und bin aufgestanden. Und siehe da: Es ging weiter. Auch ohne ihn. Geht es immer noch.«

Sie nippt vorsichtig an ihrem Tee.

Er schaut sie an. In seinem Blick steht Unsicherheit.

»Katharina, was war da zwischen uns?«, fragt er. »Du

kannst doch nicht leugnen, dass da etwas gewesen ist? Oder immer noch ist?«

»Vielleicht war es Wunschdenken«, sagt Katharina nachdenklich. »Ich habe gestern Abend mit Zoe darüber gesprochen. Du warst . . .«, sie stockt, ». . . du bist die Idealvorstellung von einem Freund für mich – so cool, so selbstbewusst, so erwachsen. Aber im Grunde genommen kenne ich dich doch gar nicht.« Sie zögert. Die nächsten Worte kommen ihr nur schwer über die Lippen. »Und du – du hast vielleicht etwas in mir gesehen, was du dir an Lilja immer gewünscht hast.«

Er zuckt mit den Achseln. »Kann sein«, sagt er und lächelt traurig. »Kann aber auch nicht sein.«

Er greift nach seiner Tasse, pustet, um den heißen Tee abzukühlen, aber vielleicht auch, weil er ablenken will, weil er unsicher ist, verlegen. Katharina kann das verstehen, ihr geht es genauso, aber es stört sie nicht länger.

»Erinnerst du dich an unser Gespräch in der Mensa?«, fragt sie leise. Ihr fällt es nicht leicht, dieses Thema anzuschneiden. Gestern ist sie mit Zoe in einer Beratungsstelle gewesen und sie muss immer noch damit klarkommen, was ihr die Frau dort ins Gesicht gesagt hat, obwohl es etwas war, das sie bereits im Krankenhaus geahnt hat.

Dass auch sie auf dem besten Weg in die Magersucht ist.

Dass nicht mehr viel fehlt und sie in den Kreislauf gerät, aus dem sich Lilja nicht mehr befreien kann.

»Was meinst du?«, fragt er und sieht sie an.

Katharina holt tief Luft. »Hast du gemerkt, wie dünn ich geworden bin, als wir uns in der Mensa getroffen haben? Hast du gemerkt, was mit mir los ist?«

Er nickt. Senkt den Blick.

»Aber warum hast du nichts gesagt?«

Er schaut verzweifelt hoch. »Glaub mir, den Fehler hab ich schon einmal gemacht. Die Vorwürfe, die guten Ratschläge. Ich dachte, wenn ich dir einfach nur zeige, wie gut du mir gefällst – wie klasse ich es finde, dass du normal bist, normal isst, dann wirkt das eher, als dir Vorhaltungen zu machen.«

Sie sieht ihn an, erinnert sich, wie seine Worte ihr im Kopf herumgegangen sind, wieder und wieder, bis sie schließlich zu Zoe gegangen ist, um mit ihr zu sprechen.

»Danke, Mike«, sagt sie schlicht. »Danke dafür.«

Er lächelt zaghaft.

Schweigend sitzen sie beieinander, aber es ist ein gutes Schweigen. Endlich schaut er auf die Uhr und streckt sich. »Ich muss wieder ins Krankenhaus«, sagt er und es klingt bedauernd. »Zoe ablösen, die hat heute noch Probe.« Er nimmt seine Jacke vom Stuhl. »Lilja spricht manchmal von dir, weißt du? Sie sagt, sie hätte sich immer jemanden wie dich zum Reden gewünscht. So etwas Ähnliches steht auch in ihrem Tagebuch.«

Katharina lächelt. Ein warmes Gefühl durchströmt sie.

Komisch, wie Menschen so sein können. Wie Menschen sich verstellen, sich gegenseitig wehtun und es vielleicht gar nicht wollen.

Sie wird noch lange nicht verstehen, was in den letzten Wochen in ihr vorgegangen ist – und vor allem in Lilja. Aber sie wird es versuchen.

Sie schaut hoch. Mike ist ganz nahe gekommen. Er steht direkt vor ihr, aber er berührt sie nicht.

»Sehen wir uns, Katharina?«, fragt er vorsichtig. »Lernen wir uns richtig kennen?«

Sie lächelt ihn an. »Das glaube ich ganz bestimmt«, erwidert sie fest.


Es dämmert schon, als der Zug im Würzburger Hauptbahnhof einfährt. Katharina starrt aus dem Fenster.

So viel Schönheit, denkt sie, als sie auf die warmen Lichter der Stadt sieht. Das erste Mal seit Wochen nimmt sie wieder wahr, wie schön die Welt sein kann.

Ab Göttingen war die Landschaft verschneit. Auf den Hügeln hing noch der Nebel in den Tannenspitzen und verhüllte die Wetterhähne der Kirchtürme. Aber in der Ebene war es hell und klar und manchmal riss der Himmel auf und die Sonne brach für ein paar Sekunden hervor und ließ den Schnee glitzern wie Diamanten.

Katharina steht schon an der Tür, die Hand am Griff, als ihr Zug langsam zum Halten kommt.

Überall Lichterschmuck, ein riesiger Weihnachtsbaum. Und unendlich viele Reisende mit Bergen von Gepäck, die auf den einlaufenden Zug warten. Weihnachten will jeder irgendwohin. Zu seiner Familie, seinen Freunden, in die Ferien.

Katharina steigt als Letzte aus.

Ihre Regionalbahn in Richtung Hassfurt geht erst in zwanzig Minuten. Sie nimmt ihren Koffer und geht langsam die Treppen hinunter.

Zoe hat sie in Hamburg zum Bahnhof gebracht. Sie hat beschlossen, in der Stadt zu bleiben, bei Lilja.

Katharina hat das verstehen können, auch wenn sie selbst noch nicht so weit war, Lilja im Krankenhaus zu besuchen. Stattdessen hat sie Zoe einen langen Brief für sie mitgegeben.

Am Abend vor ihrer Abreise haben Zoe und Katharina Geschenke ausgetauscht und dann zusammen ein Zitronenhühnchen gebraten, mit Stampfkartoffeln, nach einem Jamie-Oliver-Rezept. Katharina ist es unendlich schwergefallen, aber sie hat ihren Teller fast leer gegessen. Und danach haben sie zusammen Katharinas Kalorientabellen verbrannt. Es war das erste Mal, dass Katharina froh war, dass Zoe raucht.

Als sie sich am Bahnhof von Zoe verabschiedet hat, musste Katharina weinen.

»Danke«, hat sie gesagt. »Danke für alles.«

Zoe hat sie fest in den Arm genommen. »Ich rechne auf dich im zweiten Semester, Kleine«, sagte sie. »Glaub mir, Lilja und ich werden dich brauchen.« Sie haben sich stumm angesehen.

Sie wissen beide, dass Lilja einen weiten Weg vor sich hat, der ganz von ihr selbst abhängt. Es kann sein, dass sie nie wieder gesund wird, selbst wenn ihre Eltern ihr die teuerste Privatklinik der Welt bezahlen. Aber Zoe glaubt, dass Lilja es schafft.

»Die ist zäh«, hat sie gesagt und gelacht. »Und wir werden es ihr verdammt noch mal schmackhaft machen.«

Katharina weiß noch nicht, ob sie Zoes Zuversicht teilen kann. Aber sie versucht es ganz fest.

»Bis zum siebten Januar«, hat sie gesagt und Zoe noch einmal gedrückt. Dann ist sie in den Zug gestiegen.

»Die Regionalbahn nach Hassfurt fällt heute aus. Reisende mit Ziel Hassfurt wenden sich bitte an die Kollegen am Serviceschalter«, tönt es aus dem Lautsprecher über ihr.

Katharina stöhnt. Das kann doch nicht wahr sein! Nicht ausgerechnet heute.

»Als hätte ich es geahnt«, sagt eine Stimme neben ihr. Erstaunt schaut sie hoch. Lustige blaue Augen blitzen sie an. »Hey, meine Große.« Katharinas Mutter nimmt sie fest in den Arm, als wolle sie ihre Tochter niemals wieder hergeben. »Lust auf eine heiße Schokolade in deinem guten alten Zuhause?«, fragt sie leise.

Katharina lächelt. Schon wieder kommen ihr die Tränen. »Große Lust«, gesteht sie.

## Brigitte Blobel

# Eine Mutter zu viel
## Adoptiert wider Wissen

Nina ist stinksauer, als ihre Eltern sie unter Hausarrest stellen, nur weil ihr Freund Patrick ihnen nicht passt und sie kein Vertrauen zu ihr haben. Und dann taucht plötzlich auch noch eine fremde Frau auf und behauptet, Ninas Mutter zu sein – ihre richtige Mutter! Für Nina bricht die Welt zusammen, als sie erfährt, dass sie ein Adoptivkind ist.

Arena

208 Seiten
Arena-Taschenbuch
ISBN 978-3-401-02745-6
www.arena-verlag.de

## Brigitte Blobel

## Alessas Schuld
### Die Geschichte eines Amoklaufs

Dass ausgerechnet Ulf ihre Freundschaft sucht, ist Alessa unangenehm. Er ist ein Einzelgänger und wird mit der Zeit immer unheimlicher. Dann passiert die Katastrophe: Ulf läuft Amok. Und Alessa fragt sich, ob sie das hätte verhindern können... Schritt für Schritt beleuchtet der Roman die Hintergründe eines Amoklaufs. Eine gekonnte und authentische Annäherung an ein hochbrisantes Thema.

Arena

232 Seiten
Arena-Taschenbuch
ISBN 978-3-401-02732-6
www.arena-verlag.de

# Brigitte Blobel

# Liebe wie die Hölle
## Bedroht von einem Stalker

Till ist hinter Marcia her. Schon seit Jahren. Er lauert vor ihrem Haus, er setzt sich in der Schule neben sie, er versucht sie anzufassen. Aber dies ist keine harmlose Verliebtheit unter Schülern. Till macht Marcia Angst. Riesenangst. Ein packender Thriller über den Psychoterror, der von einem Stalker ausgeht. Von Brigitte Blobel spannend und doch sensibel erzählt.

Arena

232 Seiten
Arena-Taschenbuch
ISBN 978-3-401-02734-0
www.arena-verlag.de

## Brigitte Blobel

# Die Clique
## Wenn die Gruppe Druck macht

Lara ist raus aus der Clique. Ihrem Tagebuch vertraut sie
an, wie alles begonnen hat – mit ihrer großen Liebe Carus,
ihrer Freundin Sonja und der Clique. Wie schön es war,
alles gemeinsam zu machen, einfach dazuzugehören. Wie
es dann irgendwann anfing mit Bier und Rotwein … und
weiterging mit kleinen bunten Pillen. Und wie schnell auf
einmal klar war: Wer nicht mitmacht, ist draußen!

Arena

200 Seiten
Arena-Taschenbuch
ISBN 978-3-401-02748-7
www.arena-verlag.de